在 40 多年的军旅生涯中,蒋德华荣立一、二、三等功共 13 次,并获得沈阳军区"优秀共产党员"荣誉称号。这是他身着绿军装,胸前佩戴着熠熠生辉的军功章的留影(2008 年摄于南京)

1961年12月，少尉正排蒋德华

1988年，蒋德华率领部队在长白山施工

1963年5月16日,蒋德华与陈大星喜结连理

1972年在锦州市,蒋德华与妻子儿女合照"全家福"

蒋德华全家与亲家的合影。前排从右至左为：妻子陈大星、蒋德华、孙子蒋奇榮、亲家公顾真宏、亲家母高萍；后排为：儿子蒋斌、儿媳顾亚玲、外孙女李晨、女儿蒋红、女婿李必祥（摄于2009年10月10日）

2001年10月，蒋德华、陈大星与兄嫂弟妹、表弟妹在南京新金贸花园

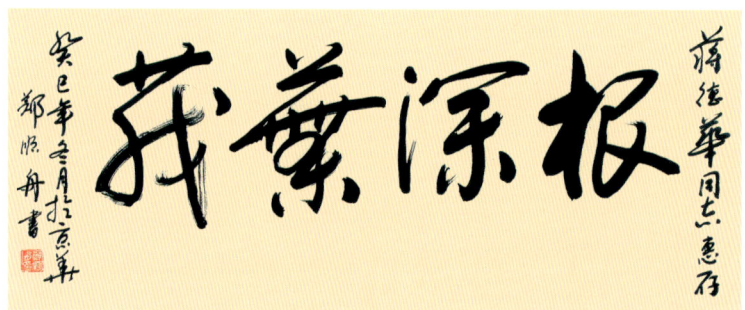

原第 40 集团军政治委员、少将、书法家郑顺舟为蒋德华题词（癸巳年冬日）

永远的兄弟！（从左至右）老大蒋德一、老二蒋德坤、老四蒋德华、老五蒋德育、老六蒋德群，在北蒋祖居前合影（摄于 2007 年 3 月）

书法家赵志国贺蒋德华八秩寿联（甲午年冬月）

长城一块砖
蒋德华传

蒋德群 著

学苑出版社

图书在版编目（CIP）数据

长城一块砖：蒋德华传 / 蒋德群著 . —北京：学苑出版社，2016.6
ISBN 978-7-5077-5038-6

Ⅰ. ①长… Ⅱ. ①蒋… Ⅲ. ①蒋德华—传记 Ⅳ. ① K825.2

中国版本图书馆 CIP 数据核字（2016）第 140546 号

长城一块砖·蒋德华传

责任编辑 李　媛　潘占伟
特约编辑 郑再帅
封面设计 姚　洁

出版发行	学苑出版社
社　　址	北京市丰台区南方庄 2 号院 1 号楼
邮　　编	100079
网　　址	www.book001.com
电子信箱	xueyuanpress@163.com
销售电话	010-67675512　67678944
经　　销	新华书店
开　　本	710mm×1000mm　1/16
字　　数	90 000
印　　张	13.25
版　　次	2016 年 6 月第 1 版
印　　次	2016 年 6 月第 1 次印刷
书　　号	978-7-5077-5038-6
定　　价	38.00 元

我愿做

华夏一粒石

长城一块砖

和平时期带兵练武

战时保卫国家安宁

在我人生八秩之际

谨以此书奉献给

伟大的祖国人民军队

并献给

敬爱的父老乡亲

同胞兄弟

所有关心我的人

——蒋德华

目　录

引子　石子的丰碑 …………………………… 001

第一章　盐阜之子 …………………………… 001

　　1. 勤劳之家 …………………………… 003

　　2. 家道中落 …………………………… 010

　　3. 立志报国 …………………………… 015

第二章　初入军营 …………………………… 019

　　1. 第一次立功 ………………………… 021

　　2. 坑道奇迹 …………………………… 031

　　3. 军校之星 …………………………… 040

第三章　赤胆忠心 ……………… 051

　　1. 临危受命 ……………… 053

　　2. 忠孝不能两全 ……………… 060

　　3. 爱的不等式 ……………… 064

第四章　实干家的风采 ……………… 073

　　1. 做人要做事 ……………… 075

　　2. 兵情浓烈烈 ……………… 084

　　3. 敬业的石子 ……………… 100

第五章　一身正气 ……………… 109

　　1. 两袖清风 ……………… 111

　　2. 转折时刻 ……………… 121

　　3. 迟到的一等功 ……………… 128

第六章　老兵本色…………143

　　1．未授校衔的功勋…………145

　　2．重新出山…………152

　　3．"国共"两工兵…………156

第七章　传承薪火…………161

　　1．"恒大"新生…………163

　　2．感恩纪念…………170

　　3．传薪之旅…………177

后　记…………187

引子　石子的丰碑

他本是一块原石，来自水乡一个不产石头的地方。在人民军队大熔炉里，工作生活了40多个春秋，历经风吹日晒，雪浸雨蚀，千锤百炼，终于成了一颗真正的石子。听党话，任党搬，只要祖国召唤、人民需要、对部队建设有益，他总是毫不吝惜地奉献自我，不讲价钱，不计得失，哪里需要就到哪里。人们称他这样的人为"国之基石"！正是无数个像他这样勤勤恳恳忠于职守甘于奉献的基石，才铸成了人民共和国这座坚如磐石的大厦。

在大地山川，他就是一颗称职的铺路石，为战备公路、铁路、桥梁、坑道，默默发挥着基石的作用。在执行任务时，他就像滚石一般，雷厉风行，全力以赴，勇往直前。他是军营中的路标，以自己的模范行动，引导着官兵们朝着理想的方向前行。遇到困难，他有石头的坚韧执著，英勇无畏，不达目的绝不罢休。危急时刻，他成了垫脚石，勇于奉献自己，让战友、人民的生命和国家财产不受任何

损害。他有玉石般的洁净、透明、坚贞。他乐于助人，严于律己，公私分明。他曾奉命带领干部战士开采石矿、筑路、伐木数年，风餐露宿，千辛万苦，挣来不菲的"财富"，为部队现代化建设提供了后勤保障，而他却两袖清风，一尘不染。他像石子那样，原本普通、纯朴，默默伫立，从不张扬，与世无争，但做出了不凡的业绩，散发出耀眼的光芒。

他是谁？这就是本文学传记的主人公——曾有幸登临北京天安门城楼参加共和国35周年国庆观礼、沈阳军区优秀共产党员、一等功臣蒋德华。他几十年如一日，以踏实、勤劳、苦干、奉献的石子精神，垒起了一座成功的人生丰碑。

第一章 盐阜之子

1. 勤劳之家

　　1936年12月1日，一个晴冷的冬日，在北蒋庄一间土屋里，诞生了一个胖乎乎的小子，他就是蒋德华。他的出生，给全家带来了极大的欢乐。为人父的蒋奎恩，虽然有了老大老二，还是像刚生第一个孩子那样，满怀喜悦地迎来了第四个孩子。在他之前，所生老三为女孩，因患疾病出生不久便不幸夭折，夫妻俩因失去爱女而悲痛万分。庄稼人很实际，种地需要帮手，尤需身强力壮的男丁。在不长的时间里，老天给他们送来了三个儿子，虽有遗憾也该满足了。

　　蒋德华祖上都是务农的，世代以种地为生，靠双手劳动吃饭。祖父成家时只有三亩薄地，就为着这几亩地，他起早摸黑，风里来雨里去，在地里忙个不停。俗话说，庄稼一枝花，全靠肥当家。种地缺肥料，祖父每天天不亮起床，在庄前庄后转悠一圈，把寻到的狗粪捡回来，放到自家粪坑里，然后才吃早饭。他拾粪与人不同，所用粪筐不但编织结实，里面还用石灰敷搪好使之不漏，这样连阴沟

里的臭水、别人家不要的泔水，他都用瓢括起来放进粪箅里。在他眼里，这些东西都是种田人的"宝贝"，是金灿灿的"稻谷"，弃之实在可惜。更让同庄人感佩的是，人家春节回家过大年，他却只身一人到盐城拾粪。年过了，他一船粪也拾回家了。之后，又开始了新的一年的劳作。他能吃别人不能吃的苦，做别人不愿做的事，而收获的也要比别人的多。

缠足的祖母，既是理家好手，又是劳动能手，拉犁、踏车、插秧等重农活样样都拿得起，可谓"巾帼不让须眉"，不是男儿胜似男儿。有一次她乳房生疾，肿痛难忍，连续发烧几天，祖父让她休息，可她用瓢将其护住，像没事儿一样，有说有笑地照常踏车抽水。

他们平时省吃俭用，穿着也很朴素。祖父春天穿草鞋，夏天打赤脚，冬天着草窝子，布鞋只在春节时才拿出来穿几天，一双布鞋要穿上好几年。祖母白天到地里忙农活，晚上在家摸黑打草鞋、搓草绳、编车篷、织渔网，常常做到深夜。老俩口辛勤劳作，节俭持家，慢慢地有了些家底。先后买了老兄弟们的田，又从别人家那里购得几亩地。后

来，家中有地 21 亩，四合院一座，还有耕牛、风车、木船等大型农具。虽说房子是砖脚、土墙、木柱、茅草顶，但冬暖夏凉，住得倒也宽畅舒适。

蒋德华就出生在这样的"勤劳之家"，他没见过祖父，因为在他出生前祖父就已去世。后来，他从祖母的口里，零碎地知道了她与祖父一起白手起家的创业故事。祖母的这个故事说多了，在他幼小的心灵里，有了朦胧的感觉，就是祖父一生勤劳节俭。祖母常唠叨的"勤能发家"、"俭能致富"、"吃不穷穿不穷人不勤劳就受穷"、"新三年旧三年缝缝补补又三年"等等，这些居家过日子的生活常识令他印象深刻，至今还记得。

他的人生启蒙，更直接的是从其父亲蒋奎恩那儿得到的。他的父亲识字不多，却很有头脑，喜爱看书说书。农闲时他就来到庄上，给孩童们说《西游记》《三国演义》等书，常常天快黑了孩子们还不愿离去。可能是这个缘故，父亲特别喜欢读书人，希望自己的儿子也有文化。在他让大儿子读书之后，又把四儿子送进了本庄私塾。私塾的老先生叫还伯平，有点国学底子，写得一手好字，师德也不

错，是庄上最好的先生，远近闻名。那天，父亲把他领到还先生家，递上自家厂里生产的豆油，作为拜师礼。父亲先让他给中堂上的孔圣人画像磕头，然后给先生磕头，算是正式入塾。还先生的妻子是蒋氏的女儿，与父亲同辈，平时也常有往来。由于这层关系，老先生对侄子辈的蒋德华十分尽心。当时，私塾规矩很大，凡不好好读书的，轻者斥责，重者撕耳朵。蒋德华是个听话的孩子，学得非常用心，凡先生指定要背诵默写的课文，他都能倒背如流，默写得一字不差。而且每天放学后，不用大人吩咐，他会自己拿起镰刀，到庄外割牛草，天黑之前就背着满满一大网兜青草回来。在这里，他读了《百家姓》《三字经》《千字文》等启蒙书。还跟先生学写字，大有长进，所写的行书有模有样。庄上有了小学，父亲又把他送到学校读书。那时，他已8岁。

在他的眼里，父亲有祖父那种农民所具有的勤劳、朴实的本色和熟练的劳动技能。他会用风车、使牛、罱泥、育种，还会插秧、耘田、打谷等，庄稼人谋生的这些手艺无一不精。尤其是踏水车，更有一手绝活。每逢旱季或麦

田插秧时,他挑选强悍劳力,8人编成两组,自己也加入一组,轮番踏车抽水。那时农家没有钟表计时,采用一种土办法,用一根线轴,轴上绕线二丈,踏车时用铜锣边敲边踏。呛呛,呛呛,呛呛呛!人们跟着锣点,踩着车踏。锣敲得越紧,车踏得越快,这叫"鼓劲跑线"。这一组轴上的线跑完了,另一组持线轴又开始上阵,就这样依次轮换,息人不停车,既不耽误抽水,又让踏车人得到休息,以积聚更饱满的劲头进行下一轮踏车。在那大忙如救火的季节,人是累了些,但此举确实解决了缺水的燃眉之急,为适时种植秧苗赢得了时间。

相对于祖父,父亲是个胸怀大志的人,他不满足于祖传的家业,在坚持农本的同时,开始了新的创业。父亲牵头与本庄侄子辈德宽、德鄰、妹夫卫亚东筹划,四人集资三股,自筹资金不足部分由他设法借贷,办起了恒大米厂。过去把稻谷变成大米,需两三人一前一后配合,靠两只脚一双手,花上半天甚至一天功夫用人工碾米,现在机器加工粮食,省时省力,既快又好。米厂的出现,结束了世代生活在这里的农民们用木砻碾米、石磨磨米粉的原始

加工历史，把乡亲们从繁重的体力劳动中解放出来，这是北蒋经济社会的一个巨大进步。从此，北蒋有了自己的工业，而父亲则从纯粹的农民变为亦农亦工、工农结合的新型农民。

恒大米厂的名声远播四方，经营的路子越走越宽。开始只是为乡亲们加工粮食，后来办起了油坊，米厂遂改名为油米厂，拓展了榨油业务。油米厂不但为乡亲们加工粮油，还成了新四军加工军粮的基地。恒大油米厂办得红红火火，受到社会各界好评，县里有名，乡里有榜。长兄蒋德一还代表父亲出席了县代表会，受到表彰。

蒋德华的童年岁月，是在父亲的油米厂隆隆的机器声中度过的。在这里，他目睹了父亲发动机器的娴熟动作，挥舞铁锤奋力榨油的身影，与工人师傅亲切交谈的神情。那时候他最爱到厂里，听机器发出的轰鸣，闻油榨里飘逸出来的扑鼻油香，常常陶醉在它的芬芳里。每当来到这里，他总是好奇地问这问那，机器是怎样发动的，稻谷是怎样变成大米的，黄豆又是怎样成为食用油的。父亲总是很耐心地回答他所提出的问题。父亲只要一提到机

器，提到技术，脸上就会不自觉显现出荣誉感。那种近乎迷恋一般的执着，近乎宗教一样的虔敬和尊重，从他的脸上，时刻都能看出来。在父亲的这双手上，技术不仅仅是技术，它与生命相关。

等蒋德华稍大一点，父亲又手把手地教他发动机器，以及如何按规程操作，做好自身安全。在父亲的指导下，蒋德华还用自己的小手，以富有黏性的苏北平原的黑土为原料，创作了一座父亲厂里的大头机器的模型。在制作模型的过程中，他捏成了又粉碎，粉碎了又捏成，推倒重来，几经反复，终于制作成功。作为第一次参加学校的"手工作业"比赛的作品，这个模型在获得全校第一名之后，又获得县里比赛一等奖。

油米厂的机器声打破了北蒋的寂静，吹皱起固有社会的一潭死水，迎来了它新的生活，也引起了蒋德华无限遐想，他立志长大了做一个开机器的，像父亲那样，用自己勤劳的双手，创造美好的未来。

2. 家道中落

随着蒋德华慢慢长大,对父亲办厂的事也有了更多的了解。那时,北蒋是抗日游击区,有些紧缺物资要从外地运进来,新四军的军粮加工后又要从这里运往外地,但日本鬼子和伪军在秦南、龙冈一带设了关卡,进出的物资都要盘查,稍有不慎就会被敌人发现。父亲派出胆大心细又很可靠的工友护送,巧与敌伪周旋,几次都化险为夷,使粮油能及时安全地送到目的地,保证了新四军部队的粮油供给。工厂为新四军加工运送粮油,只收很少的加工费。后来加工军粮的数量增多,有些股东和工友认为提成少太吃亏了,要与厂方打官司。父亲却坚持不减工人的提成,耐心说服几位股东,宁可亏了自己,也要保证军粮按时保质加工好。父亲的善举赢得了抗日政府、新四军和乡亲们的信赖,县民运大队、县委宣传部和新四军后勤的领导来乡指导工作,都愿意住在恒大油米厂,乡长也长期在这里搭伙。他们说,这个人家忠诚可靠,又隐蔽安全,食宿也方便。

油米厂虽然有3家股东,管理层也有几人,但关键时

刻拿主意拍板决策的主要是蒋德华的父亲，他不但要管理油米厂的日常事务，还要协调股东间、股东与工人间的矛盾和关系，常常因秉公办理厂里的事，而受到股东甚至亲人的埋怨、指责和伤害。他父亲是个办事认真又非常厚道的人，有什么难事、不平和委屈，总是闷在心里，很少告知他人。由于生不逢时，在兵荒马乱的环境中创业，他整日里提心吊胆，时刻为工厂和家庭的生存费精劳神。终于，他因劳累过度，心力交瘁，积劳成疾，患上了当时无药可治的痨病。虽经多方求治，但因名医难寻，良药难得，不久便一病不起。

父亲在清醒的时候，曾把蒋德华叫到跟前嘱托："老四啊，老大在无锡读书，老二腿脚有疾，老五老六还小，你妈妈体弱多病，这个家就托付给你了。你要协助妈妈管好家，油米厂也要办好。"蒋德华强忍着痛楚点头，看着没说几句就大张着嘴艰难地喘着已经形销骨立了的父亲，他心碎了。停了一会儿，父亲聚足力气满怀深情地又说："这么小就让你挑这么重的担子，爸爸也不忍心啊，委屈你了，实在没有办法，爸爸对不起你。"他又连连点头，答应了父

亲的要求，安慰了老人家几句，便冲到门外边，涕泗滂沱地大哭了一场。

几天之后，蒋德华的父亲就走了，他的逝世，惊动了整个向贤乡。乡里与厂方联合在北蒋的西头，搭台举行公祭他父亲的大会，数百人参加了祭奠。之后，蒋德华与亲人们走在前面，乡里、村里的领导以及厂里的合伙人紧随其后，乡邻们排着长队，默默地在北蒋大街上游行，以怀念他父亲曾为桑梓所做的好事，送一送这位为革命工作过的社会贤达。

父亲的过早离世，是蒋德华人生中无法弥补的遗憾。因父亲生病，应母亲要求，他不得不一边坚持上学，一边代替父亲管理油米厂，就这样勉强读到四年级。他学习刻苦，成绩优良，先后担任过班级级长、少年先锋队中队长、校体育委员，是学生中的佼佼者。在他考五年级时，由于家务繁重，他就不再上学，那天的考试也没参加。校长季石元知道后，就让班主任上门找他，在晚上专门安排考场，让他与另一个学生考试。几天后学校发榜，他考上了。可是开学后他又没有到校，校长急了，就与班主任老师练训

又来家访。母亲向他们介绍了家庭困难，婉转地表示不能再上学了。季校长还是劝说母亲，不要耽误了孩子，并想出了一个两全其美的办法，让他上午读书下午回家做事，缺课晚上补，保证上学劳动两不误。校长说："蒋德华品学兼优，是个可造之才，不读书太可惜了。"母亲何尝不懂这一点，也非常感激学校周到的安排，只是家里缺少主要劳动力，实在没法子，她也顾不得许多了。

蒋德华想继续上学，不愿离开给他知识的老师，与他年龄相仿的同学。但这时他患病多年的父亲又去世了，看到体弱多病刚失去父亲的母亲，他难受极了。母亲很小就失去了她的父母，因为过度悲伤迎风哭泣，没人关心得了气管炎，从此落下了病根，这个顽症隔几天就要犯一次，一直折磨着她的身心。嫁到蒋家后，虽生活无忧，也很受丈夫疼爱，但要管理着全家几十口人，操持着一家大小的吃喝拉撒穿用，农忙时还要下地干男人一样的重活，这都让母亲很辛苦。为全家她不分昼夜地忙碌，有什么好吃好穿的先让给家里其他人，很少为自己添件新衣衫，多吃一点好吃的。如今，疼爱他的人走了，她赖以生存和依靠的

家庭的顶梁柱倒了，这种无情的打击实在是太大了。这一切，蒋德华都看在眼里。作为女人，母亲是柔弱的。作为一家之主，母亲又是执著坚强的。白天母亲强打起精神坚持料理家务农活，把诸事安排得妥当有序。只有在夜深人静时，她才有时间打开感情的闸门，放声大哭思念远去的父亲。每当这时，蒋德华都会陪着母亲一起流泪，除了这他不知如何是好。从哭声中，他看到母亲对父亲的情感是多么深。想到父亲的遗愿母亲的期望，自己身上的担子是多么重。他不愿让母亲瘦弱的肩上一人挑着沉重的家庭担子，他要为母亲分忧解难。

父亲走后这几年，让蒋德华真正尝到了不当家不知柴米贵的滋味。春天，他赶着牛光着脚在冰冷刺骨的水田里犁田，20多亩地要在几天时间里突击耕耘一遍，然后还要忙着施肥插秧。插秧是个力气活，也是门艺术。他与几个嫂嫂们天不亮就起床，在冰冷的水田里俯首，左手抓把秧苗右手插，从左至右一棵一棵又一棵，那样子就像鸡啄米。所插的秧苗要横平竖直，就像在大地上作画。每日凌晨3时起床，到傍晚收工，一天下来，腰酸背痛眼冒金花，站

都站不起来。每人每天要插一亩多地，这样才不耽误农时。夏天，又要忙收割打谷。在农忙的季节，蒋德华起五更睡半夜，各种活儿都干，脚上出现了许多裂口，流血不止。每次下地干活，浸到水里，两脚都痛得钻心。除了一年四季要打理这20多亩地，他还要管理油米厂，及时解决难题，让它正常运转。

由于家庭人口多、开销大、劳动力缺乏，家里逐渐入不敷出，日子越来越艰难。尽管如此，蒋德华还是以自己所有的能力，协助母亲撑起了这个家。每当说起这事，母亲总是自豪地说："多亏了老四，他是我们家的顶梁柱。"

3. 立志报国

1955年底，整天忙于田间劳动难得上街的蒋德华，在北蒋庄街头发现了"把优秀青年送到部队去"、"一人参军，全家光荣"等内容的红色标语。街上的年轻人三五成群，都在热烈议论着什么。他上前打听，原来冬季征兵工作

开始了，他们讨论的就是这件事。年轻人多数想到外面见见世面，闯它一闯，但传统观念和家庭原因，又使他们望而却步。他们担心部队苦，纪律严，舞枪弄炮有危险，不如在家安安稳稳当个老百姓，早点结婚生子。当伙伴们问蒋德华是否愿意参军时，他毫不犹豫地回答："部队是艰苦，也有危险，但好男儿志在四方，吃点苦算什么，对自己也是个锻炼。现在祖国需要年轻人，我们就应该站出来让祖国挑选。"

那几天，蒋德华常往外跑，显得异常活跃，不是去乡公所，就是去村委会，很晚才回家，一路上还哼起小曲，脸上荡漾着笑容，仿佛遇到了喜事。他很想参军，乡里村里都支持他，但他放心不下的是母亲，他是家里的主要劳动力，母亲的身体越来越差，还有一个老祖母，两个年幼的弟弟尚在读书，他一走母亲连个得力的帮手都没有了，这个家怎么办？每想到这些，他有了几分犹豫，甚至还有放弃的念头。

在他不知如何是好十分苦恼的时候，母亲似乎看出了他的心思，在忙完一天的家务后，母子俩进行了一次长谈。

母亲说："老四，你是不是想参军？"他没有想到母亲

会直接问他这个问题，一时说不上话来。

母亲又说："真想参军，妈也不拦你，自古忠孝不能两全，参军报国是好事，你去报名吧。"

"我走了以后，家里怎么办？"他说。

"有我呢，你放心地去吧。"母亲横了横心坚定地说。

知儿莫若母。从小看着儿子长大的母亲，怎么能不知道儿子的心思呢。母亲为这事也想过好多遍，要说困难，儿子走后家里的困难会更大，但不能因为家庭困难就影响国家的需要，儿子的前途。为了这个家，儿子已经放弃了读书，不能再让他放弃参军，继续放弃他自己的前途。她慈祥地对他说："你是我的儿子，也是国家的儿子。现在国家需要你，做妈的不能再拖后腿。"

听母亲这么一说，蒋德华紧锁的眉头立刻舒展，悬着的一颗心也落了下来，连忙对母亲说："知我者，妈妈也！你真是个好妈妈，恕儿不孝，如果我体检合格，就不能在跟前伺候你老人家了。"他高高兴兴地去报了名，经过政审体检全部合格，成了一名光荣的解放军新战士。喜讯传来，母亲情不自禁地流下热泪，她为儿子实现自己的愿望而高

兴，为国家选上自己的儿子而自豪，也为儿子即将离开自己而难过。

老祖母很支持蒋德华参军，临别前，她扶着拐杖，拉着孙子的手，迈着小脚颤悠悠地一直把他送到欢送大会现场。一路上，她边走边语重心长地叮嘱："四孙子，你光荣参军了，我为你高兴，为我们全家高兴。你要好好干，为国争光，为家乡争光，为蒋家争光！"

12月26日上午，北蒋小学西边的大操场上，红旗招展，锣鼓喧天，鞭炮齐鸣，一片喜庆。北蒋乡政府在这里隆重集会，热烈欢送光荣入伍的子弟兵。乡指导员卢春熙代表乡政府讲话，他特别表扬了蒋德华84岁老祖母亲自送孙子参军的动人事迹，号召全乡人民学习她的爱国主义精神，希望应征青年不要辜负家乡人民的希望。接着，胸前挂着大红花的蒋德华，喜滋滋地代表36名入伍的新战士发言，他激动地说："到部队后一定不怕苦，不怕难，练好本领保卫祖国，争取早点立功受奖。父老乡亲们，等我们的喜报吧！"

1956年，中华人民共和国开始实行义务兵役制，蒋德华成为我国第一批义务兵。

第二章　初入军营

1. 第一次立功

儿行千里母担忧。

蒋德华刚离开北蒋，他母亲就觉得空落落的，家里也冷清了许多，人像丢了魂似的，在屋里屋外转悠不停，隔一会儿就到门外张望，是不是儿子回来了。看了几次都是失望而归，思儿心切的她，便萌生了去盐城接兵的地方再看一回儿子的想法。儿子要出远门，做母亲的不能不送送儿子呀！突然，屋外传来脚步声，她又快步走到门口，见是二弟乐金高来了。二弟看到姐姐有点魂不守舍的样子，心里已明白几分，便对她说："二姐，我陪你去看看老四？""好！我们一起去看看，顺便送送他，我可真有点想他了。"在二弟的帮助下，当天下午蒋母就乘一艘小木船出发了。北蒋到盐城数十里陆路，那时没有交通，全靠水路船行。凭着二弟娴熟的撑篙功夫，小船沿着风浪穿行在里下河里，第二日早上两人便到了城里。

此时，蒋德华头上已戴上绿色棉军帽，胸前佩戴着"中国人民解放军"的标牌，一身崭新合体的冬军装，英俊

威武，精神抖擞，看上去就像换了一个人。当儿子出现在母亲面前时，她真不敢相信自己的眼睛，可仔细一看，果然是儿子，就一把拉住他拥在怀里，喜极而泣。儿子是母亲心头肉，母亲见到儿子，自然有说不完的话。她来送儿子，是不放心儿子。但看到儿子这样出众，越发精神，她有了些许慰藉。叮咛说："以后路怎么走，全靠自己，妈也不能帮你了。你要安心在部队工作，不要挂念家里。常写信回来，报报平安，我就放心了。"新兵到了县里，武装部要给他们复查身体，与接兵部队处理新兵交接事宜，于是蒋德华在盐城停留的那几天，母亲与二舅就食宿在船上，直至把他送走。

分别时，蒋德华流泪了，他为不能继续留在身边孝敬老母而难受，也为自己的离去让老母担忧而心痛，他说："儿子不在家的时候，您要多保重身体，老毛病犯了就看医生，不要舍不得花钱。"

对于舅父，蒋德华也有难以割舍的情感。外祖父母离世早，两个年纪尚小的舅舅只得随他们两个出嫁的姐姐。大舅乐金顺跟着大姨去了葛武富王庄，有了安身之处。二舅就随母亲来到北蒋庄，那时他还不能自食其力，母亲就

将他留在身边抚养。到了能干活时,二舅先试着帮助母亲做些力所能及的家务,后来农忙时就学着种地,农闲时在油米厂做工。在这段时间里,蒋德华与二舅常在一起配合着做些农活,二舅教他用牛耕地,带着他在河汊里罱泥,摇船到附近乡镇出售大米、食油……

虽然与大舅家相隔十多里,但因平时走动频繁,关系也十分密切,互相关心彼此帮衬成为常事。每逢春天大忙季节,考虑到大舅家地多,为不误农时,蒋德华就奉父母之命牵着牛带着犁,前去帮助耕田耘地。大舅也常过来帮忙。比如他看到二姐家春节前特别忙,顾不上准备年货,总会主动来北蒋挑去上好的糯米,在富王炒好后再挑着担子把炒米送到北蒋。大舅后来到了镇供销社,工作勤勤恳恳,兢兢业业,成为省级劳模。两个舅舅继承了父母传统,做事极其认真,很能吃苦,为人耿直厚道。从他们这里,蒋德华学到了做事的本领和做人的原则。

盐城到镇江走的是水路,到了镇江才开始换走铁路。新兵们乘坐的是一列大闷罐车,一节车厢上下两层,可容纳五六十人,还能睡觉。这些新兵从未出过远门,也没有

读过几天书,这几天又是轮船又是火车的,弄得他们有点晕头转向。新兵们很关心接兵部队把他们带向哪里,虽然嘴上没说,可心里都在暗自嘀咕:

"向南?"

"向北?"

"我们去哪里?"

大家都想去南方,那里吃的是大米,气候也温暖宜人。但如果去北方呢,怎么办?蒋德华也在想这个问题,从闷罐车行驶的方向、沿途停靠的站名看,这是往北。而且他觉得越往前行越荒凉、越寒冷,那肯定是北方了。接着他又想到,南方也罢,北方也罢,上了这车就再难改变了。管它呢,哪里水土不养人,苦一点更能锻炼人。这时他又觉得车速慢得急人,它就像老牛拉破车,一路上走走停停,停停走走,总是让别的列车通过。三天三夜的激烈颠簸之后,大闷罐专列终于在一个车站戛然停下,这就是古城辽宁义县车站。他们的部队就在城郊,这是蒋德华此行的终点站、目的地,也是他新生活的起点。

1956年1月,蒋德华在这个冬天开始了军营生活。

列兵蒋德华（1956年3月）

少尉正排蒋德华（1961年12月）

从闷罐车下来后，新兵们没有直接去军营，而是被安排在县城老百姓家里，接受初步的队列训练与政治教育。吃饭要到义县第一中学食堂，相距驻地3公里，一个来回就是6公里。一天三顿，跑步去跑步回，以步代训开始军事化生活。一个多月后，老战士退伍了，他们才进入军营。在接下来的两个多月的新兵集训中，老班长严格要求，教得一丝不苟，蒋德华学得刻苦，练得认真，经考核，军容、队列、实弹射击、手榴弹实弹投掷等门门科目优秀，被授予列兵军衔，并被分配到直属沈阳军区第40军118师的独立工兵营机械连2排发电4班。这时，他才成为一个正式的解放军战士。

开始，蒋德华很不习惯这种生活。当新兵班长后，连里要他带头理光头，做示范，因为新兵不愿理光头。一则他听老辈人说，"身体发肤，受之父母，不敢毁伤，孝之始也"。个人不能毁伤发肤，这是尽孝道。二则从长发的美观或是保暖方面讲，他也不愿削光头，东北天寒地冷，留点长发可暖身。但这是命令，必须服从。他只得挺挺脖子，含着泪让老兵把一头英发剃掉了。说来也怪，大家见班长

剪去长发，一个一个地跟着理了。

这第一个冬天，气温零下30多度，积雪已有60多厘米深，真是白雪皑皑，朔风呼啸，让人身颤心寒。在这样的冰天雪地里训练，不一会浑身就冻僵了，几天下来，蒋德华的脸、手和脚都冻得发紫，继而成为冻疮块。但他仍咬着牙关，顶着雪花走向操场，迎着寒风练，硬是在恶劣的气候条件下在冰天雪地里摸爬滚打，既磨练了意志，也取得了军事训练好成绩。

在部队，一日三餐大部分吃的是粗粮，不是高粱米饭，就是玉米窝窝头，要不就是小米粥。有时一天会有一顿米饭和馒头，算是改善伙食。因吃不惯粗粮，蒋德华最初常常吃少了饿得肚子呱呱叫，吃多了胃又胀鼓鼓。可俗话说"人是铁，饭是钢，一天不吃饿得慌"，为了给身体这块"铁"加"钢"，以完成保卫祖国的神圣责任，吃白米饭长大的他，就是不信邪，硬着头皮与粗粮斗，吃不下也要吃，并采取了战略步骤，先少吃，逐步增多，循序渐进。就这样，他慢慢地攻克了难关，后来吃粗粮也觉得香了。

起初，当地老百姓听不懂他的话，与他们沟通有困难，

他就学说东北话，学跳东北秧歌，与当地人拉家常，学他们发音，听他们说话。他说："入乡随俗，如今我已是东北人了，就要说东北话，跳东北大秧歌。"

就这样，蒋德华以坚强的毅力，经受住了寒与冷、苦与累、灵与肉的严峻考验，终于完成了从老百姓到解放军战士的转身。

3月上旬的一天，正在训练的蒋德华突然接到连长通知，让他赶快到营部去，营长有事找他。他急匆匆一个小跑步，很快就来到营部。营长叫黎阳，少校军衔，大盖帽和一身校官服，透出带兵人的威严。他什么也没说，只是拿出一张纸，递上一支钢笔，让蒋德华写"毛主席万岁"几个字。蒋德华读私塾时练过书法，写字难不住他，略一思索，便端端正正地写下这5个大字，然后恭恭敬敬地交给营长。黎营长左看看，右瞧瞧，很快脸上露出满意的笑容，这才开口说话："你的字写得不错。营里决定送你到军区工程兵机械教导营学习，时间一年。"蒋德华立马向他敬礼，坚定地回答："请首长放心，保证完成学习任务。"

原来，师里要他们推荐1名新战士参加军区工程兵机

械教导营集训，条件是能说会写有一定的文化，蒋德华也在考虑的人选之中，他入伍后的表现不错，人又勤奋好学，但文化基础怎样，营长心中没底。在这种情况下黎营长灵机一动，就设计了"现场考查"这一出戏，从而很快确定了人选。蒋德华没有辜负营长的希望，本来需要1年的时间，他只用了8个月就完成了学习任务，并在内燃机、发电机、空压机、汽车等机械的理论和实际操作方面都取得了好成绩，受到了教导营嘉奖。

1957年3月，上级将一台老掉牙的苏式6立方空气压缩机交到蒋德华手里。队长说："这台机械和8个机械手都交给你了，领导相信你，就大胆地去干吧。""请领导放心，保证完成任务！"蒋德华响亮地回答。就这样，这个入伍才一年的新兵，当上了机长，第一次配合兄弟部队在大连大孤山上施工。这台谁见了都皱眉的旧机械，上山施工后，经常出现故障，不是起动困难，就是突然趴窝，说不行就不行了。他经过仔细观察研究，发现这台机械主要部件基本是好的，如果使用不当或保养不到位才会出问题。果然，在他的正确操作和精心照料下，这台机器不但掘进了3条

坑道，还连续工作了 2700 多个小时。

使用机器的过程并不顺利，就在蒋德华和战友们拉着这台空压机，从第二条坑道向山上第三条坑道口转场时，由于惯性太大，刚过大孤山上的一个小坡坎，机械就顺着斜坡疾速往山崖下滑，而下面就是大海。在这危急时刻，蒋德华大吼一声："不好，机械要出事！"说时迟，那时快，他一把抓住牵引钩，死死地往地下戮去。粗实的铁拉钩像千斤顶似的把机械支撑在道旁，一动也不动，这才避免了滑下大海。

"好险呀！"不知所措的战友们围了上来，见蒋德华正跪在地上，双手紧紧抓着拉钩，他浑身是汗，衣服都湿透了，右手一大块肉皮被拉钩"咬"掉了，鲜血滴到了地上。这次创伤，使他手背上至今还留有 5 厘米长的一块伤疤。

施工结束后，兄弟部队领导给蒋德华记了三等功。翻开他的档案，在第一份立功材料上这样写道："蒋德华同志在紧急时刻，不顾个人安危，奋力抢救空压机，保住了国家财产……"

这是蒋德华入伍后第一次荣立三等功，他在不长时间里就实现了参军时对父老乡亲们的承诺。

2. 坑道奇迹

1958年，是我国"多快好省地建设社会主义"的一年，也是盘踞在台湾孤岛上的蒋介石反攻大陆叫嚣最凶的一年。这一年，蒋德华以高度的战备观念，饱满的革命热情，严谨的科学态度，带领全班脚踏实地的苦干、巧干，抢时间争速度，大显身手，创造了坑道作业的奇迹。这一年是他人生中最重要的一年。年底，他三喜临门：光荣地加入了中国共产党，个人荣立了二等功，所在班荣立了集体二等功。

1957年施工结束后，蒋德华回到了连队，担负起了海防线上战备坑道的警戒、看守和巡逻任务。为了防止敌特的破坏，每天晚上6时，他都要背起冲锋枪，率领全班同志，翻山越岭到各坑道检查、巡逻，直到次日早上6时才返回连里。在天寒地冻的野外执勤12小时，又冷又饿又困，那滋味很不好受。归队后，他只能利用白天时间休息，晚上再精神抖擞地去巡逻。虽然这只是执行施工任务前的短暂安排，但他把这作为锻炼自己和班里同志的好机会。他

说，作为工程兵，搞机械的，没有国防意识，缺乏战备观念，缺失战斗素养，就不是合格的战士，也不是称职的工程兵。原本少数不愿巡逻的战士，听他这么一说，觉得是这么个理，也都自觉地参加巡逻了。

这一年，118师自己组织国防施工。上级将大连守备1师1团配属给他们，作为连队的机械保障分队，蒋德华所在的机械排被暂时分到守备11团3连。上山打坑道，机械保障的设备，按规定是由配属连队负责运送。而蒋德华只要是自己能做的，就不麻烦别人。他和机械手们自己动手，将机器用的柴油、冷却水、高压皮管、通风管等器材，一桶一桶抬上山去。这是个力气活，很累人的，连队同志过意不去，看到了免不了要赞扬他们几句，蒋德华却只是笑了笑说："这是革命工作，何必分你我，谁干都一样。"

他们施工的这座山叫大和尚山，山腰中有一座响水寺，山上的水源源不断地从金色的龙嘴里往外流，发出哗哗响声，响水寺便因此而得名。这里山水清秀，庙宇古色古香，是著名的风景区，中外游人络绎不绝。在这样的旅游圣境里居住，对于常年风餐露宿的工程兵来说，可算是

一种享受。

这次施工，上级分配给蒋德华班的是一台9立方米天津造空气压缩机，虽然有点旧，但要比上次苏式的那台空压机的性能好得多。全班齐心协力，争分夺秒，初战告捷，这年头几个月，他们就将一条200多米长的坑道打完，工程质量优等。

5月中旬，师国防施工指挥部召开誓师大会，总结上半年的施工情况，部署下半年的施工任务。蒋德华随排长陈伟生参加会议。在听了师首长的动员报告、兄弟班排的施工经验介绍后，排长坐不住了，就问蒋德华："你敢不敢上台发言，表表决心？"他立即回答："敢！我们不能落在其他机械班后面。"于是，他走向主席台，满怀豪情地作了即兴发言。他围绕"机械如何确保坑道施工的速度和质量"一题作了四点承诺：一是"保证机械正常运转，连队随时要气随时供应"；二是"由原来机器只带动两部风钻增加为带动三部风钻"；三是"机械中修不修，超过大修3500小时以上"；四是"不浪费一滴油一滴水，全年节省各种油料3500公斤"。最后，他还提高声音强调说："我的话说到做

到,不放空炮,请师首长和同志们检查指导。"

当时,他的话音刚落,全场就响起了热烈的掌声。师长毛世昌立刻站起来问:"刚才发言的同志是哪个单位的?"主管机械的科长立即站起来回答:"他就是我们师工兵营机械排班长蒋德华同志。"毛师长接着赞扬说:"搞国防施工,既要讲科学,又要有敢想敢说敢干那一股劲,希望所有同志向蒋德华学习,发扬敢字当头的革命精神,把我们的施工速度、质量、安全搞上去。"

就这样,蒋德华在大会上的发言"首发命中"、"一炮打响"。用当时的话来说,他无疑放了一颗"卫星",轰动了118师。从此,全师上下都知道了蒋德华的名字。官兵们佩服他的胆识、勇气和热情,期盼着这颗"卫星"试放成功。当然也有人持怀疑态度,有的说:"让他吹吧,后悔都来不及。"有的说:"先不要下结论,让我们拭目以待吧。"

师长的一席话,对蒋德华鼓舞很大,但他心里虽高兴,肩上却感到沉甸甸的。下午誓师大会一结束,他就与排长一起,步行20多公里,急匆匆赶回施工驻地。到了驻地,

他连晚饭也顾不上吃,直接召开班务会,传达誓师大会的精神和他的发言,与大家一起集思广益,充实修改了具体行动方案。

第二天,他就把铺盖一卷上了山,吃住在机械棚里,白天晚上守在坑道口,经常 24 小时连轴转。他对大家说:"凿岩机不怕石头坚硬,猛往石头里钻。人要不怕任务艰巨,不怕磨损自己,工作效率才能高。人要爱护凿岩机,也要学习凿岩机啊!"

对打坑道这项任务来说,时间就是速度。蒋德华靠前指挥,随时掌握机器运转情况,有了故障及时排除,为施工赢得了更多时间。原来坑道里放炮时,他们就在原地休息。现在他们利用放炮间隙,抓紧加油添水、换机油、清洗保养机器,这些机械手们宁可累些,也不耽误连队作业时间。为了施工进度,蒋德华以 1 台空压机带动 3 台风钻作业,并安装了机械房到作业面的信号联络,做到随时要气随时送气,关停及时,不浪费气,始终让 3 台风钻正常运转。这样一来,大大提高了掘进速度,发挥了机械的最大效能。原来一天 24 小时只能掘进 3 米的机器,在蒋德华

手中能掘进 8 米甚至 12 米。在全工区，蒋德华所在的队伍速度最快，质量最好。

经过 8 个月紧张而又艰苦的战斗，蒋德华带领全班超额完成了上级赋予他们的施工任务：掘进的 3 条大坑道总长度为 680 米，创造了机械中修没修、大修未修、安全无事故运转 4700 小时，节省柴油 3700 公斤的好成绩。这些成绩，超过了蒋德华的预期，也超出了师领导的预料，他们的成绩和经验被推广到全工区所有施工部队。

蒋德华，这个来自苏北的小伙子，是个一言九鼎之人。他以自己的实际行动，兑现了"说到做到，不放空炮"的诺言，彰显了他所信奉的"言必信、行必果"的做人原则。全师抑或整个工区的人们都为他的笃实而感动，为他的诚信所折服。

施工结束后，守备 1 团 3 连指导员找蒋德华谈话，肯定他施工中能吃苦、发挥模范带头作用、任务完成出色等突出表现，认为他已符合入党条件。入党这样重大的问题，应由原连队党支部决定才行，但他配属的 3 连正在施工，所以指导员向机械连党支部建议，吸收他为中共党员。机

械连党支部根据3连党支部的建议和平时蒋德华的表现，认为他入党的条件已经成熟，于是支部书记、指导员张景福和老战士党员刘洪浩成为他的入党介绍人，并通过支部大会，经守备1团步兵营党委批准，让蒋德华光荣地加入了中国共产党。接着，守备1师又给他记了二等功，同时给他所在班记了集体二等功。

1958年12月，因国防施工成绩显著，蒋德华个人荣立二等功，所在的班荣立集体二等功。图为全排同志合影，后排右起第三人为蒋德华

让蒋德华没想到的是，自己只是做了一些该做的事，可各种荣誉接踵而来，想挡也挡不住。

1959年1月，他被师里推选参加40军积极分子代表大会。2月，又被推选出席沈阳军区第二届青年积极分子代表大会。会议期间，他和与会代表一起，受到军区司令员邓华、政治委员赖传珠等领导同志的亲切接见，有幸目睹了将军们的风采。在军兵种代表座谈会上，他以自己的实践，介绍了"大干苦干巧干——实现机械保障施工的突破"的坑道奇迹。

闭幕会后，军区领导同志分别到各军代表组，与大家共进晚餐，同叙官兵情谊。副政治委员杜平来到40军代表桌上，席间，蒋德华代表这个军的参会代表向他敬酒，感谢军区首长对青年人成长的关怀，表示积极响应大会号召，发挥青年积极分子的模范作用，创造优异成绩向党和人民汇报。杜平与代表拉呱，给战士夹菜，将军谈笑风生、和蔼可亲、平易近人，一下子就拉近了大首长与小战士之间的距离，给蒋德华留下了深刻的印象，让他感受到部队大家庭的温暖，领略了人民军队官兵平等的优良传统。会议

还组织代表们观看军区前进歌舞团、杂技团和辽宁省京剧团的精彩演出，参观了全国最大电缆厂——沈阳电缆厂。

在参加会议的日子里，蒋德华沉浸在兴奋与激动、思考与感悟之中。从代表们的发言中，他找到了思想和工作上的差距；从军区领导的期望中，他明确了前进的方向。会议大开了他的眼界，拓展了他的思路，鼓舞了他的斗志，也让他感到了肩负的重任。对于接二连三到来的荣誉，他有了清醒的认识。他在日记中这样写道："荣誉是党和人民给的，是部队领导的关怀和帮助的结果。荣誉只能代表过去，未来还需不断进取。"

从军区青年积极分子代表大会回来后，蒋德华所在的机械排配合119师在锦州地区进行国防施工。当时，他已改任修理班班长，中士军衔，负责施工机械的修理任务。施工机械分布在几十个山头上，机械出了故障，他就组织班里同志不管白天黑夜，随叫随到，风雪无阻，不怕苦和累，突击抢修机械，保证施工连队机器的正常运转。由于机械保障得力，他们提前圆满完成了国防施工任务，119师给蒋德华记了三等功。

3. 军校之星

1960年3月，蒋德华考入了中国人民解放军工程兵技术学校。接到入学通知书时，甭提他有多高兴，终于考上了军校，他的愿望实现了。

然而在这之前，他差点成了修理厂的正式职工，说来还有一段难忘的插曲。1959年施工结束后，下山的机械都被拉到锦西工区大修厂进行大修，蒋德华也与他的2班，奉命在这里突击大修机械。他的修理技术娴熟，工作积极主动，在他的带领下，2班修理的机械不但质量好，速度也快，多次受到厂领导的表扬。厂长打心眼里喜欢上了这个对工作尽心尽责的后生，就对他说："你不要回原部队了，我们已打报告将你留下来当职工，怎么样？"对于别人来说，这也许是求之不得的事，但蒋德华是一个有高度组织性纪律性的党员，他知道这件事该怎么办。他说："谢谢厂长关心。我是党的人，这事自个儿做不了主，要听从原部队组织的安排。"118师领导知道这个情况后，立即派干部科的同志来修理厂，将他调了回去。来人对厂领导说："蒋德华

是我师培养的干部苗子，回去后就让他参加军校考试，你们就不要打他的注意了。"

在40军军部，工程兵技术学校设立了招生考试点。只读过4年小学，担心考不上军校的蒋德华，经过语文、数学、政治等文化课目的测试，觉得数学考得差点，其他的还行。虽然自我感觉良好，但他仍没有十足把握，只能怀着忐忑不安的心情，接受主考领导的面试。蒋德华坦诚地向主考领导汇报了自己的真实想法和强烈愿望，他说："我很爱工兵这个专业，愿意为它工作一辈子。但由于家庭原因，我没有读几年书就辍学，很想进军校读点书，补上文化这一课，以便更好地为部队服务，为国家效力。当然，如果不能录取，我也不灰心松劲，仍一如既往地做好本职工作，请首长放心。"

他的这一席话，发自内心，情真意切，令人感动，更加坚定了主考领导要录取他的决心。主考领导暗自思忖，这个考生文化不高，为党工作的热情高，干劲大，责任心强，多次立功受奖，又有实践经验，军校需要他这样的学员。于是，他立刻站起来与蒋德华握手，热情地对他说：

"祝贺你,你被录取了。"

接到录取通知书的第二天,蒋德华就从部队出发,坐了一天一夜的火车,第三天早晨他便来到了北京。他没有先去军校在东站接学员的报到处,而是径直来到天安门广场。曾经在新闻纪录片中看到过的天安门,在睡梦中不知梦见过多少回的天安门,在脑海里经常想象的天安门,如今真真实实地耸立在他眼前。红墙巨幅画像上的毛泽东,仿佛在向他微笑,迎接他的到来。他连忙下意识地举起右手,向他老人家毕恭毕敬地献了一个标准的军礼,嘴里喃喃自语:"毛主席您好,战士向您报到来啦!"

雄伟壮观的天安门城楼,天安门广场前川流不息的人群、车辆,就像那长江,奔腾不息地向前流动,彰显着这座首都城市心脏脉搏的活力。这是一个战士的梦想,是一名共产党员的情结。在这里短暂停留后,他急速赶往火车站的学校接待点,然后乘车来到位于北京昌平县的工程兵技术学校。学校举行了隆重的入学仪式,他被分到学员1中队3区队,担任8班班长。

蒋德华一脚踏进工程兵技术学校,意味着另一只脚也

1961年冬,蒋德华在天安门前留影

踏进了工程兵干部行列。这是一所为军队培养工程技术人才的学校,只有具有工程技术实践又有发展前途的人才,才有可能进入这所学校,接受专门知识和技术的传授。

从战士成为军校学员难,从学员成为干部更难,欲要跨越这中间的"鸿沟",决非易事。蒋德华清醒地意识到,他即将面对的是学习中的一座又一座"高山",一条又一条"深谷",只有不畏艰难,发扬"逢山开路,遇水搭桥"的工兵精神,不断架设通过"文化山"之坦途,才有可能实现自己的理想。

针对新学员文化偏底的状况,学校首先用3个月时间,给他们补习文化课。对蒋德华来说,数学,尤其是代数,是他学习中的最大难题。他数学知识掌握不多,而代数又从未学过。他深知,代数和数学是基础课,只有掌握了代数知识,才能学好机械学、电工学、测图学等课程。开始,老师上代数课,他觉得懂了,但做作业时,运算公式又出错。问题出在哪里?就是对公式不理解。于是他上课认真听讲,做好笔记,不懂就问,向老师、同学请教,一直到弄懂为止。随着课程的深入,后来代数课越

来越难,他就来个"笨鸟先飞",先把以前学过的温习一遍,对将要学的课程预习一遍。晚上同学们睡觉后,他常常一个人在教室里啃代数。节假日,同学们都到北京城里玩了,只有他在家里自学,把代数的公式背了又背,算了又算。功夫不负有心人,经过刻苦努力,顽强拼搏,他终于完成了文化课的学习,学校还给他发了文化学习中专学历证书。

军校的教学设备齐全,为蒋德华提供了非常好的学习条件。工程技术教研室、机械图片室、机械破解室,既有理论授课,又有实物形象化教学。大型修配厂,是专供老师教学和学员实习用的,理论课上完后,学员们就来到这里实际操作。学校配属的两个机械保养修理连,是专门为学员服务的,学员们在这里驾驶机械实际操作后,保养维修由他们负责。由于蒋德华文化基础课学得扎实,学习机械理论和实际操作用了不少功夫,机械工程课,诸如阵地机械、道路机械、建筑机械、水上机械,还有电工器材、通信联络等课程,都学得很好,考核都是 5 分。

作为班长,蒋德华不但自己用功,还带领全班学员完

1981年，蒋德华在师后勤部办公室。这是他在工作之余的读书情景

成学业，决不让一个掉队。班里有个叫王本明的同学是卫生员出身，他没有学过机械操作，蒋德华就"一对一"地重点帮助他。班里搞生产、出公差等勤务，蒋德华就代替他去，让他利用这些时间留在班里复习功课。机械实际操作时，蒋德华尽量少操作或不操作，腾出时间让王本明操作和驾驶。操作大型机械难度大，要求高，容易出事故，蒋德华就手把手地教他怎么操作，注意哪些问题。在蒋德华的帮助下，王本明和班里其他同志一样，毕业考试各门课程都取得了优秀成绩，从原来对工程机械"一窍不通"逐渐成为"机械通"。与此同时，蒋德华被学校评为"五好"学员。

1960年到1961年，正是我国"三年困难时期"的第二、第三年。学校响应党中央号召，节约粮油，支援全国人民，共渡难关。军校学员由原来每人每月45斤粮食减至35斤，食油也减去一半。食堂实行分餐制，定人定量供应。年轻学员正是吃饭长身体的时候，突然减少了粮油供应标准，又要照常出操、上课，有的学员出现了早上出操跑不动，还摔倒在地上的情况。上课时，有的学员出现因饥饿

而头昏脑涨，不能集中注意力听课的情况。由此学校决定停课10天，停止操练，进行忆苦思甜教育，即"忆旧社会的苦，思新社会的甜"。同时开展了"苦与难"的大讨论，即"苦不苦，想想红军二万五"；"累不累，想想革命老前辈"。这是我军常用的政治思想教育形式，蒋德华组织全班积极参加了这个教育活动。在他看来，这种苦与甜、苦与累的"忆思"活动，能让学员们认识到现在遇到的困难，与革命先辈们爬雪山过草地时的那种困难相比，不可同日而语，眼前的是前进中的暂时困难，只要团结一致，正视困难，咬紧牙关挺一挺就过去了。这个时候，更要坚信党的领导，困难很快就会过去，光明就在前头。这次学习极大地鼓舞了学员们战胜困难的信心，振奋了大家的革命精神。后来蒋德华认为，传统的政治思想教育形式，有它的历史局限性和弊端，中国再不能靠"忆苦思甜"来自我安慰，必须往前走。但在当时，这种教育方式对于稳定军心，增强士气，鼓舞斗志，无疑起到积极作用。

把思想教育中焕发出来的信心和热情，及时引导到"生产自救"中，以"生产自救"促进学习、工作，这是蒋

德华带领全班在困难时期采取的实际行动。粮油少了，他组织全班搞好小生产，以一个共产党员的模范作用和微薄之力，为党分忧，为国解难。1中队分给8班2亩菜地，蒋德华一有时间，就在这里忙这忙那，把蔬菜种类搭配好，把菜地拾掇得像模像样。春天，他组织全班把菜地松了土，施上肥，然后种上大白菜、豆角、茄子、辣椒等蔬菜。没有肥料，他常常半夜起床，从下水道里掏肥料。星期天也不休息，不是运大粪，就是到菜地除草、浇水。学习紧张，他让班里的同学复习功课，自己包下了全班的小生产。在他的精心管理下，生产地年产1万多斤蔬菜，除保证中队的疏菜供给外，多余的还拿到附近集市上卖，所得收入全部上缴中队改善伙食。在学校以班为单位的小生产队伍中，数他们的蔬菜品种多、质量好、经济效益高，连续两年被评为全校第一。

1961年9月21日，在北京工人体育馆举行了"首都各界人民支持古巴人民反对美帝国主义武装侵略大会"，声援古巴人民的爱国正义斗争。学校从1中队挑选了蒋德华等100名学员参加集会，他所在的位置离主席台只有30米，

有幸近距离见到了出席集会的周恩来总理、宋庆龄副主席、陈毅、贺龙副总理等党和国家领导人及外国驻华使节。周总理那略带苏北乡音的讲话，令蒋德华备感亲切。这是一份荣耀，也是一份幸福，是他人生经历中难忘的一件事。

学习虽短暂，收益却永恒。在学校的两年，除了完成共同课程和专业课程的全部学业，且学习成绩全优外，蒋德华还获得了学习之外的成果，在国家困难时期，他迎着困难上，不断进取，不但掌握了军事工程知识和技术，更锤炼了艰苦奋斗，战胜困难的坚强意志，展示了共产党员应有的品德和风采。

12月的毕业典礼上，在1中队136名学员中，蒋德华等30名学员被授予少尉正排级干部，其他106名被授予少尉副排和准尉副排。蒋德华自此成为人民解放军少尉军官。

第三章 赤胆忠心

1. 临危受命

军校毕业后蒋德华就回到了部队，此时又一个更大的考验来到他的面前。

1962年7月下旬，锦州地区连降暴雨，洪水淹没了田野、村庄。驻守在这个地区担任生产任务的40军118师352团的官兵，也与上级失去了联系。当时，军抗洪救灾指挥部急需查明情况，以便对遇险的军民实施营救。副军长、抗洪救灾指挥部总指挥刘振华，立即让参谋把这个紧急任务下达给118师，师又下达给工兵营。

谁能完成这个艰巨任务呢？工兵营立即想到了排长蒋德华，在营首长看来，蒋德华有勇有谋，无私无畏，入伍6年不论多么艰难的任务，次次都出色完成，是全营公认的信得过的"老工兵"，这一次的任务也非他莫属。

这天凌晨，蒋德华突然接到上级命令，带领全排携着救生器材，随工兵科长黎阳、工兵营长邱连德，还有连长指导员，火速从营地赶到军抗洪救灾指挥部阎家屯受领任务。之后，他带着6班长、1名战士，在两名当地渔民的引

导下，冒着暴雨在洪水中开始向南八千地区摸索前进。

指挥部离南八千20多公里，往前走遍地是洪水，到处是泽国，步行看不到路，游水危险大。洪水下面不时碰到的高粱叶、玉米叶，常会划破他们的身体。所以他们只能试探着徐徐向前，走走游游，游游走走。一路上，老百姓的房子被洪水冲垮了，幸存下来的群众，有的站在房顶上，有的爬到树上，大人喊小孩哭，看了让人真难受。蒋德华停下来，张开嗓门大声地对这些灾民说："乡亲们，你们受苦了。等我们了解情况回去报告后，就速来解救你们。请放心，坚持住！"

在滂沱的雨中，他们前进了大约10公里后，一名战士腹部突然疼痛起来，眼看不能再前进，蒋德华便将他安置在原地一个高岗上，托付给这里的群众照料，并对他说："你就在这儿，哪里也不要去，等我们回来后一起回指挥部。"

蒋德华就这样带着剩余的3个人，继续往前走。没多时，一条大河横在面前，挡住了他们的去路。河边水中两个神色惊恐的老乡见他们要过河，便向他们介绍了这条大

河的险情。这条河叫大沙河，上游是大陵河，下游直通大海，平时流速就快，洪灾之后河水猛涨，不但河道变宽了，水流更加湍急，要想通过确实很困难。老乡说："洪水太急，几个想过去的人都被冲走了！"

蒋德华往河面一看，果然惊险，激流像脱缰的野马一样，裹夹着死猪、死羊、死牛，以及其他杂物顺流直冲而下。

看到这情景，两个熟悉地形的渔民向导都面露难色："蒋排长，我们可是有家有老有小的人哪，不能冒险过这条河，咱们回去吧！"

这时，6班长的腹部又旧病复发，疼痛难忍，不能继续跟他去找部队了。

蒋德华想，不过大沙河，就找不到失踪的部队，军首长交给的任务就无法完成。这里只有自己是共产党员，是党员就应有献身精神。在兄弟部队和人民群众危难时刻，就必须义无反顾地冲向前，想方设法完成党交给的艰险任务。同时，他又提醒自己，情况越危急，越要沉着冷静，用模范行动带动大家。于是他安慰他们说："别慌，咱们先

吃点饼干，充充饥，然后再想办法。"

在两个战士先后腹病发作，向导又想退缩的情况下，蒋德华如果不当机立断，拿出有效办法来，要渡大沙河就可能成为空话。在这种情况下，他果断地解开绑在头顶上的手枪，坚定地作出下列安排：将6班长和年轻向导编为二梯队，留在河边做接应，并要他们把背心脱下来挂在树梢上，作为第一梯队回来时的接头信号。他和年长、水性好的向导先过河找部队，如果他们被洪水冲没了，第二梯队继续上。这时，他把手枪一挥，威严地大声说道："这是命令，不容置疑，大家执行吧！"

见一向温和的蒋德华发火了，老向导也只有服从了。

为了便于互相援救，渡河万无一失，蒋德华用一根30米长的麻绳的两端分别拴上自己和向导，带头向对岸游去。

蒋德华虽然生长在南方水乡，但游泳技术并不过硬，长时间在洪水中跋涉，体力消耗过大，因此，这600米宽的河面，对他来讲，每一米都要使出全身力气，每一米都是生死搏斗。但他什么也不怕，什么也不想，只有一个念头，赶快游过去，早点找到部队。在饥肠辘辘中，他们游

了还不到一半，才发现巨浪与漩涡是比饥寒交迫更大的考验。他们在激流中奋游，时而躲避上游冲过来的死猪死马，时而被漩涡卷没而拼命相互救援，时而被恶浪冲入下游又奋力游向上游。经过半个多小时的奋战，虽然他们被洪流从上游冲击到下游300多米，但终于化险为夷渡过了大沙河。

渡河后他们已累得筋疲力尽。可是，失踪的部队还未找到，他们顾不上休息，又鼓足力气朝南八千方向走去。等他们找到这个团原驻守的村庄时，才发现部队已转移了。

此时天已经黑下来，到处都是茫茫大水，继续找下去会更加危险。蒋德华和向导身上的衣裤已被撕破。他们只穿着裤头和背心，在水里浸泡了10多个小时，浑身发冷，肚子更饿了。向导对蒋德华说："蒋排长，赶快往回走吧，再不回去，天更黑了，就回不了大沙河。一整夜泡在水里，我们就没命啦！"蒋德华回答："不行！不管前面危险多大，也一定要找到失踪的部队。"

在蒋德华的坚持下，他和向导又蹚着水，向附近的村

庄摸去。一连找了好几个村庄，转到半夜也没有结果。又累又急的蒋德华急中生智，解下绑在头顶上的手枪，朝空中连放3枪。这招果然见效，一两分钟后，东边方向也响起了枪声。他俩喜出望外，急忙向枪声响处游去，终于在一间未被浸泡到的民房顶上，找到了这个团的团部。蒋德华将军指挥部的信交给瞿文清团长，瞿团长看信后说："你们辛苦了，请转告军师首长，我团除部分马匹被洪水冲走外，人员、武器无损。"并命人写好回信，让蒋德华带走。失踪部队找到了，没有一个人员伤亡，蒋德华脸上露出笑容，一直悬着的心才落了下来。

天越来越黑，还下着雨，他们摸索着从原路返回，深夜2时渡过了大沙河，找到了6班长和年轻向导。这时，老向导又提出，实在太累了，先在这里休息一下，天亮后再回去汇报也不迟。蒋德华说："指挥部首长正等着我们的消息，被困部队和受灾群众盼着派部队去解救。我们早一点回去，他们就早一点解除危险，早一点有了安全。"他这么一说，大家都没意见了，又一起上路往指挥部赶去。途中，他们带上了那个腹痛的战士。

就这样，经过一天一夜的奔波和劳累，在水中往返80多华里，蒋德华等人终于在早上5点前到达指挥部。这时他们的双腿双臂，早已被高粱杆、玉米叶和芦苇等伤得几乎没有好地方了。

当蒋德华向领导呈上信件，并口头汇报了他们的情况后，他突然眼前一黑栽倒在地上。他这是因疲劳过度，加上极度饥饿，坚持不住而休克了。指挥部马上派人把他抬到老乡家休息，经医生及时抢救，他很快便苏醒过来。

根据蒋德华的汇报与建议，指挥部立即组成两队人马，携带抢救器材，分别去营救受灾部队和群众。两个小时后，蒋德华又精神抖擞地受领指挥部命令，为营救人员带路。

刘振华副军长为此高度评价了蒋德华，赞他临危受命、经历了生死考验、出色完成任务，并以指挥部的名义，现场给他记了三等功。

2. 忠孝不能两全

1963年3月,蒋德华被提为独立工兵营机械连副连长,在与他同年入伍的战友中,他是第一个当副连长的。他把组织的信任化为努力工作的实际行动,在新的岗位上,兢兢业业,尽心尽职。

按照分工,副连长主抓技术训练、生活管理和团支部工作。上级拨给连队的伙食费有限,为了搞好连队伙食,他带领全连战士利用午休时间,到营房周围的山坡上开荒,种上玉米、高粱、地瓜。还组织一部分战士对营区内的排水沟进行整修扩充,建成一个有3亩地面积的大水池,引进水葫芦养殖,作为猪的饲料。连队养了30多头猪,平均每个月可杀两头多,加上1年可收获的1万多斤各种蔬菜,自制的10多种小菜,连队的猪肉、蔬菜自给有余。军后勤部在这里召开现场会,推广了他们自己动手、养猪种菜、实现肉菜自给有余的先进经验。

由于蒋德华精通机械,善于管理,工作极其认真负责,在他任副连长、连长甚至后来担任了副营长、营长时,几

乎每年都要被军师有关部门临时调去，负责施工与其他任务的机械保障工作。他总是把它视作领导的信任，每次都圆满地完成任务。

随着部队现代化建设不断推进，工兵营先后增添了不少新装备，如能牵引各种车辆和机械设备的快速推土机、火箭布雷车、汽车布雷车，以及舟桥、汽艇等。蒋德华通过刻苦钻研，在自己率先掌握的基础上，又将这些新装备的结构、性能、原理及使用的技术要领，通过现场示范教学，传授给全营官兵。经过上级主管部门考核验收，每年全连的军事技术训练成绩全优。蒋德华每年还到军里当教员，集训排以上干部两个月，通过他毫无保留的传帮带，这些干部较快地掌握了使用这些新装备的技能，使军工兵分队的军事技术训练跃上了新台阶。

蒋德华一心扑在部队工作上，但他也牵挂着家里体弱多病的老母和正在上学的弟弟。从入伍时起，他每年都要从为数不多的津贴里节省几元寄给家里，以解决他们的生活之忧。"三年困难"时期，由于缺粮少吃，母亲面黄肌瘦，不久得了浮肿病，不得不住进生产大队临时特设的浮肿病

房里，这样一来，一是可以得到必要的药物救治和食物保证，二是可以把家里仅剩的一丁点口粮留给最小的儿子。因为同样的原因，小弟也骨瘦如柴，严重缺乏营养。但同时，在北京工程兵技术学校上学的蒋德华的定量供应口粮也减少了，生活也很清苦。在这样的情况下，他仍咬紧牙关，把仅有的津贴寄回家，宁可自己挨饿，也要让母亲和弟弟渡过难关。

1965年4月15日，独立工兵营被派往沈阳市马虎山屯执行防洪分洪任务。这是国务院下达给沈阳军区的命令，由周恩来总理直接指挥这次防洪分洪。时任机械连副连长的蒋德华，被任命为防洪分洪指挥部发电总站站长。接到任命后，他既觉得光荣，又感到肩上沉甸甸的。

位于马虎山屯南侧的巨流河大铁桥，是贯通北京至东北的主要铁路交通命脉，也是通往前苏联、朝鲜的国际交通要道。赶在汛期之前做好防洪分洪准备，保护好大铁桥，不仅关系到下游新民县等几十万人民生命财产的安危，还关系到国际列车的运行安全。为防不测，指挥部让蒋德华率领连队官兵，在大铁桥北侧上游方向的一条长1200米的

分洪坝上，一连作业了几天，埋了几十个大缸。一旦洪水泛滥影响到铁路交通安全，他们就在大缸里装满炸药；一旦总理下达命令，他们就立即炸开分洪坝泄洪，以保障大铁桥的绝对安全。

在防洪分洪准备工作紧张进行的时刻，蒋德华接到通信员送来的一封加急电报，上写"母亲不幸病故，望速回"。这是长兄拍来的。蒋德华脑袋突然"嗡"的一声，身体几乎歪倒，他第一反应是：最疼他的母亲已离他而去了，他应回去送送慈母，尽点孝道。可眼下正是防洪分洪准备最关键时刻，他重任在身，不能回去给母亲送终。万般无奈中，他默默地给长兄发了封加急电报，委托他全权办理母亲丧事，并代他向老母的遗体多磕几个头。接着，他又给家里寄去了丧葬费。

母亲离世后，蒋德华的舅父在整理她遗体时，从她的口袋里掏出 10 元钱，交给了最小外甥——蒋的小弟，他拿着还留有母亲体温的钱，呜呜直哭，不能自已，他明白，这 10 元钱是四兄寄回来的，母亲舍不得花。

悄悄地办完了这一切，蒋德华又全身心投入到防洪分

洪的准备工作之中。他带领全连同志，不分昼夜地奋战在第一线。他们白天演练运药、装药、架电线，夜间站岗、放哨、巡逻。为防万一，他还准备了 3 部发电机，以防发电机无法正常工作。最终，经过 4 个多月的紧张战斗，蒋德华他们保证了巨流河大铁桥的安全。

由此，独立工兵营受到辽宁省政府的通报表彰，而蒋德华也因准备充分、工作扎实受到师里表扬。他对自己在这次任务中的表现满意，但对母亲逝世未能回去尽孝感到遗憾。自古忠孝不能两全，这成为他心中永远的隐痛。

3. 爱的不等式

在蒋德华的人生天平上，最重的那一边始终是国家，为了人民、为了部队、为了工作，他常常顾不上小家，不惜多次舍弃亲情，坚守工作岗位，完成党和人民赋予的神圣任务。

1971 年 12 月，在阜新工地上，忙乎了一年的蒋德华，在施工结束后打点好行装正准备回家休假。可刚到营

房,师司令部王副参谋长就找他谈话来了,说军部修建的"713"大隧道工程马上就要开工,急需一个懂行、责任心强的干部,组织一部分官兵先把大型机械在开工前安装完毕,杨森林副师长指名叫蒋德华去完成这个任务,所以他暂时不能休假了。蒋德华愉快地接受了师首长的指示,他说:"请领导放心,不休假先去完成任务。"

当天,他就放下探亲的行装,打起背包奔赴新的工地,投入到指挥安装机械设备的战斗中去了。这次安装的是20和40立方米空压机,要打深井取水,还要架设高压线送电。时间紧迫,工作量大,技术要求高,安装时必须争分夺秒,一丝不苟。蒋德华组织技术能手,身先士卒,经过一个多月的日夜奋战,将10台空压机和水、电、气等一应设备都安装完毕,保证了部队准时开工。

这时,领导安排蒋德华休假,但他想隧道施工刚开始,要做的事还很多,意外情况随时可能发生,技术保障人员大多又是新手,处理不好就会影响施工的进度和质量,这时候他绝不能离开这里。于是,他谢绝了领导的关心,继续工作在工地上。在施工保障中,他不光言传,更注重身

教，以自己的实际行动，向战士传授保障技术。机械出了故障，他亲自到现场抢修，以最快的速度让机械恢复正常运转。

冬天到了，施工保障到了关键阶段。由于天气寒冷，隧道外部的线路结冰，导致配电箱短路失火，将机房烧了。深夜12点，杨副师长亲自打电话给蒋德华，命令他马上去隧道，检查事故原因，迅速修复机器。他立即跑步来到隧道口，看到机房全烧了，一阵焦糊气味扑鼻而来，几个机械手吓得都在哭。他先安慰大家不要流泪，要他们打起精神抓紧捡查机器。他用扳手将空压机的气门盖打开，一看活塞没有变形，又用手扳动飞轮，飞轮也转动自如，他心里有数了，机器内部没有烧坏，还能正常工作，只是皮带、配箱线烧坏了。他指挥电工师傅，将出口处两台机器配电箱抽一个到进口处，两台20立方米空压机用一个配电箱供电，又从每个空压机抽出两条皮带，以替代烧坏的皮带。经过蒋德华等人24小时抢修，机器终于又运转如常了。

这一事故发生后，部队原准备对两个机械手和一个班长进行处分，后经查实，这次失火事故与他们没关系，于

是不予处分。等到工区派人来检查事故原因，看到现场机器运转正常，不仅没追究责任，还表扬他们修复果断及时，没有影响施工进度。一直在现场的杨副师长，看到这一幕，忍不住伸出大拇指夸奖说："只要有蒋德华同志在，没有解决不了的难题！"

1972年元月，正忙碌在工地上的蒋德华，接到一封来信，打开一看，他脸上乐开了花。大家好奇地问："老蒋，接啥喜信了？"他说："我妻子生了个胖小子！"当时他已35岁，中年得子，那股高兴劲真是难以形容。

正当蒋德华沉浸在无比喜悦之中，几天后一封加急电报又送到他手里，"孩子病重，见电速回！"这8个大字让他心里咯噔一下，脸上的笑容顿时消失，再看看发报的是

1963年5月16日，蒋德华与陈大星喜结连理

1972年在锦州市，蒋德华与妻子儿女合照"全家福"

妻子陈大星的工作单位，他更感到问题十分严重。随后，妻子的告急信也到了。原来孩子生下不久就发高烧，奶水不进，日夜啼哭。陈大星带孩子到医院看过几次，由于找不到原因，无法对症治疗，孩子高烧不退，甚至出现了休克。陈大星急得哭了，不知如何是好，就给蒋德华写了封告急信，让他快点请假回来。

工地上的领导和同志们纷纷劝说蒋德华，让他赶快请假回南京去照料孩子和妻子。蒋德华也真想一下子插上翅膀飞回南京，去安慰产后身体虚弱的妻子，去照料生病的孩子并为之求医。出生才几天的孩子出现这样严重的病情，作为父亲和丈夫理应陪在他们身边，为孩子呵护保驾，为妻子壮胆分忧，他应回去，马上就回去，来不得一点迟疑，他催促着自己。

可是，蒋德华又想到另一层，虽然眼下已到了施工收尾阶段，但他负责管理的上千件器材和价值上百万的机械设备，都要立即转移给接替施工的部队。在这个节骨眼上，一旦出了差错，不仅会给国家造成损失，还要影响兄弟部队施工任务的完成。个人的事再大也是小事，国家的事再

小也是大事。工作要紧，国家财产要紧，应坚守岗位，不能回去。他终于说服了自己，坚定地对大伙说："施工机械设备这摊子我最熟悉，还是我来移交吧！"说完，他立即给妻子拍了电报："军务在身，不能回去。快去检查，相信医院。工作结束，立即返回。"

移交时，负责接收的同志知道蒋德华家中有了急难之事，就说："老蒋，我们相信你，不要一件件点验了。"蒋德华认真地说："这可不能马虎，我们都得对国家负责！"

就这样，他仍像没事一样，一丝不苟地移交了10天。10天，对于一般人来说，也许算不了什么，可对于蒋德华的妻子而言，却像做了一场噩梦。当陈大星经过几天奔波，辗转好几家医院，终于查清了孩子高烧的病因是孩子后背长了个肿块时，一位医生责问她："为什么这么晚才来看，孩子引起败血症怎么办？"听了这话，陈大星委屈的泪水夺眶而出。

蒋德华终于回来了，不过那已是这场噩梦的尾声了。深夜，当他走进家门的时候，守护着孩子的陈大星立刻把这些天郁结下来的焦虑、苦痛、委屈和怨愤都凝聚成沉默，

来向蒋德华施加压力。3分、5分、8分……整整10分钟,任凭蒋德华怎样解释、陪情,陈大星就是不说话。

蒋德华完全理解此时此刻的妻子,丈夫不在身边,她是多么艰难。女儿出生时,也是她一人在家,带着女儿又要上班,又要操持家务,已经够辛苦了。这次儿子出生后不久就生病,丈夫不能在第一时间回家帮助,全靠她一人应对,压力自然很大。他很内疚,在家里遇到危急困难时,没能与妻子一起分忧解难,这是做丈夫的失职,是不可原谅的。

陈大星是个通情达理之人,平时她都能体贴丈夫,支持他安心部队工作。当她看到蒋德华那副疲倦的面孔,那双充满血丝的眼睛,那种带着深深歉意的表情,一种疼爱之情油然而生,硬着的心顿时软了下来,怨气也随之消退。她忽然想到,深更半夜了,又坐了这么远的火车,丈夫一定饿了,就立即起身下厨房,忙着给丈夫烧吃的。

蒋德华来到儿子身边,仔细地端详了他的面容,长得与他真像,如同一个模子刻的,一种满足感驱散了旅途的疲乏,他捏了捏儿子那胖乎乎的小脸蛋,陶醉在幸福里。

后来，蒋德华与妻子商定，鉴于儿子出生后患病，母亲全权担负起守护孩子的重任，支持丈夫在部队工作，遂将他们的儿子取名为"蒋斌"。斌即兵的谐音，以纪念他们的儿子是为国家为军队而生，希望儿子长大了也要像父亲那样，继续为国家为人民服务。

第四章 实干家的风采

1. 做人要做事

1978年3月，蒋德华被任命为独立工兵营营长。他知道，职务的提升并不一定意味着能力的提高，但意味着责任的加重，这是组织对他提出了新要求，是工作给予他的新挑战。当然，也是给他的新机遇。

蒋德华思绪万千，感慨良多，他想到了家贫失学的童年，想到入伍后的进步，想到自己成长中的酸甜苦辣。他能从一个毛头小伙，逐渐成长为人民解放军的一位营长，这是人民的哺育，国家的栽培，党的指引，当然也有自己的努力。如今年近40，一个受党教育多年，一个已经成熟了的军人，现在正是为部队做出更大贡献的时候，他要抓住机遇，迎接挑战，创造新的人生价值，报答国家、人民和党的恩情。

新的岗位，新的姿态，新的风貌！上任伊始，蒋德华把每一天的工作都安排得满满当当。早晨比部队先起床，到操场组织和检查部队出操，然后进行分管的工作；晚上响过熄灯号后，到各连转一圈；夜间坚持查铺查哨，星期

天和节假日也很少休息。

1980年4月,全营突击开展"基层建设上规划"工作。当时,营里就他和副教导员曲福泉在家,他与曲副教导员虽然作了分工,但是营里一些大的规划项目,如组织训练、装备管理、行政管理和思想政治教育等,连队还是找他汇报。内容多,时间不够,他就利用休息时间,早上4点钟起床,晚上11点钟以后睡觉,每天工作长达十五六个小时,经常忙得顾不上吃饭。

一天,3连在突击修建营区围墙时,沙子与石灰供应不上了,连里干部又走不开,蒋德华为了抢时间,让曲副教导员在家值班,自己顾不上吃午饭,就带着两台车到大凌河去装沙子,连拉了两趟,到夜间10点以后才返回。由于工作多了,休息少了,导致他患了胃病且时常复发。他的身体明显消瘦,1个月体重就减轻8斤多。但他想,一个党员干部,为工作多吃点苦多受点累甚至多掉点肉,也是应该的,做人要做事,干部干部就是要先干一步嘛!他领着部队大干了1个月,按军区规定的基层建设标准上了规划,师里在他所在的营召开了上规划现场会和装备管理现场会。

这年 7 月,师首长让蒋德华带领两个连队到师砖瓦厂挖 1 条管道,这条管道长 700 米,宽 70 厘米,深 1.8 米,上级要求 3 天完成。当时两个连队加起来也只有 80 多人,平均每人每天要挖土 11 立方米,加之天气炎热,困难不少。有的干部担心完不成任务,蒋德华就先同干部们商量了具体干法,作好分工,对部队进行了动员。然后,他同战士一样,比着挖土。他上身只穿件背心,暴露在外的皮肤被晒得火辣辣的痛,汗水顺着脸往下淌,衣裤被汗水湿透。有的同志关切地对他说:"营长,岁数不饶人,你别跟我们小伙子比,少干点吧,在上面组织组织就行了。"但蒋德华认为,不能因为年龄大了点就变成嘴皮子领导,在任务重困难大的时候,领导干部更需要同大家一起干,部队才会越干越有劲头。

1980 年 8 月蒋德华第 10 次立功,这是新战士们向营长祝贺

午间，大家都休息了，蒋德华到工地去检查管道质量，不小心掉进沟里，手上被划开2寸长的口子，血往下滴，骨头都见着了，缝了8针。正在砖厂的师副参谋长和砖厂领导都来看望，劝他休息。医生见他伤势较重，就把他送进屋里让通信员"看"着，不让到工地去。但当时，他考虑正是部队需要鼓劲的时候，他呆在屋里哪能行！包扎好伤口后，他又到工地检查质量，还组织放炮，抬水管，始终与大家干在一起，没离开部队。结果，3天的任务只用1天半就完成了。

8月，蒋德华的妻子所在的化工研究所给了她25天假，她临时来部队探亲。可此时蒋德华正在2连抓舟桥训练试点，为少牵扯精力，就向她说明情况，动员她只休了20天就回去了。就在这20天里，他照常做到早上提前起床，组织部队出操，晚上9点多钟，把工作安排好才回去。3顿饭都在营里吃，很少同妻儿吃上一顿饭。

那天，招待所的饭卖完了，妻子没有打着饭，儿子来到营部找到蒋德华，说："爸爸，你还忙着啦，我和妈到现在还没有吃午饭呢！"当时，他正安排训练现场会的事，一

看已12点多了，就对儿子说："告诉你妈，等我安排完工作就回去，你们先到服务社去买点饼干吃。"可是忙了这事又去忙那事，忘了妻儿没吃午饭的事。晚上，蒋德华回到家里，妻子问他："你怎么一天这么忙？"他说："我是营长，负责几百号人，事情多，要当好全营的家，就像过日子的一家之主一样，哪一件事想不到做不好，心里就不踏实。"

蒋德华过去是搞工程机械的，对爆破和舟桥专业不大熟悉。担任营长后，工作中经常涉及这些专业，为了取得这方面业务主动权，他在认真钻研有关专业理论的基础上，拜相关干部战士为师，虚心地向他们学习。不懂工兵爆破计算法，他就把老战士郭云雨请到宿舍，让他把药量计算公式、土壤抵抗系数、装药孔的直径等计算方法，一项一项给自己讲解。就这样连续1个星期，他每天学到晚上十一二点，直到会计算为止。为了学会单个地雷的埋设，他请连长郝福全当老师，给他讲授坑的深度、坑的形状、伪装层的厚度、安装引信的方法和雷场的设置。郝连长一边讲，他一边操作。郝连长见营长学得这样认真，开玩笑说："你这么大岁数了，又不准备干一辈子，一般明白就行

了，费那个劲干啥？"他认真地说："工兵营长不懂工兵业务，平时不能带好全营，打起仗来就要吃亏。哪一门不会都不行啊，干一天就要学好一天。"功夫不负有心人，原来对全营12种机械，从构造、工作原理、技术性能，到各级保养、操作使用、排除障碍，都很精通的蒋德华，如今通过"速成"学艺，又对埋排雷、构筑工事、爆破、桥梁架设、隐蔽和伪装等也都熟练掌握，极大提高了指挥能力。

新装备到营，蒋德华先是尽快做到会指挥、会操作、会排除故障、会维护保养。之后，针对使用和训练中出现的难点和问题，他又努力搞好技术革新，以适应实战要求。

火箭布雷车刚装备下来，师领导第一次看了布雷演练，提出在暴露位置上发射不符合实战要求，让他们研究改在隐蔽位置上发射。可教材上规定只有这一种发射法，能不能突破教材，怎样突破？这是一个很大的难题。蒋德华就和1连的干部、骨干到训练场，边琢磨边实践。要由暴露位置发射改为隐蔽位置发射，关键要解决瞄准的问题。他联想到迫击炮之所以能在隐蔽位置对目标瞄准，是用标杆做辅助目标。根据这个原理，他们就动手制做了12根标杆

蒋德华精心保养火箭布雷发射器

进行试瞄。为了验证这种办法是否准确,他又让指挥连用近位仪帮助检查校正,用1发实弹作实验,结果打得很准。这个科目在正式演练时,受到了军委工程兵和军区工程兵首长的高度肯定,他们称赞这一改革是新创造。

火箭布雷和拖式布雷过去只白天训练,蒋德华考虑实战需要,要求1连搞夜间训练。问题一提出,连队议论纷纷,有的干部说,训练大纲上没有规定这个科目,把白天搞

好就行了，何必费那个劲？他对大家说："打起仗来，搞布雷不可能只在白天，夜间也要搞，平时不学会，真有战斗任务就来不及。"在他的反复劝说下，大家才统一了思想认识。1连在搞完白天训练的基础上，又用了10天时间进行夜间训练。夜间布雷难题多，蒋德华就到1连蹲点，每天晚上同连队一块练，发动干部战士想办法，解决了器材携带方法、避光、避声响、下口令等难题，提高了夜间布雷能力。10月，军区对1连进行了夜间布雷科目考核，1连取得了优秀成绩，领导夸赞他们："从实战要求出发搞训练，棋高一着！"

当营长这几年，蒋德华还同2连一道研究，对低水桥架设器材中的桩柱、冠材固定、缘材固定进行了改革，架

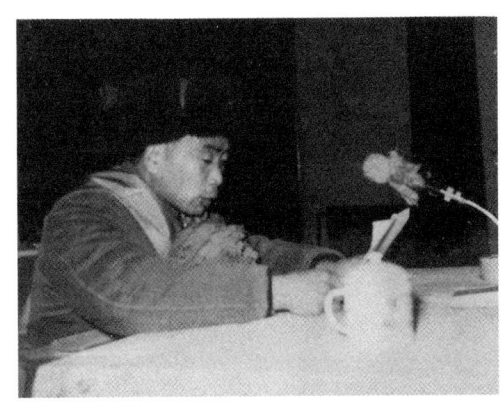

1979年12月，蒋德华向全师官兵介绍入伍后"扎根军营、自觉奉献"的先进事迹

桥时间由过去的4小时减少到1小时55分；与3连机械3班一起，研究了对69式木工电站开设与撤收的改革，过去设置高柱照明灯由3人作业，需要15分钟，现在由1人设置，只用3分钟。这两项革新成果都在集团军工兵分队现场会上作了演练，得到了与会领导的好评。

1980年9月，蒋德华被师党委树立为"部队现代化建设的实干家"。《人民工兵》杂志在这年的第9期封底，以《现代化建设的实干家》为题，刊登了他的一组照片，展示了他以身作则练硬功、热情向干部战士传授专业技术的风采。

《人民工兵》1980年9月封底

2. 兵情浓烈烈

从士兵成长起来的蒋德华，对兵有一种天然的感情。他在长期与兵打交道的实践中，也积累了丰富的管理经验和独特的带兵之道。他常说，士兵是部队的主体，是建设好部队的根本。干部只有把他们当作主人，视为兄弟，战士才会积极主动地为部队建设献计出力，关键时刻才能挺身而出，完成党和人民赋予的神圣任务。

浇花要浇根，帮战士要帮心，从思想上帮助战士，这是蒋德华的带兵之道之一。

1966年冬天，机械连迎来了一批新战士。可没过几天，2排长就找到了连长蒋德华，向他报告说4班有个叫卢宗的新战士思想上有波动。蒋德华经过了解，得知卢从长春郊区入伍，家里是菜农，经济条件较好，还有个未婚妻。但入伍后，紧张的军事训练，严格的军营生活，让他受不了，整天卧床不起，饭也不吃，嚷嚷着要回家。蒋德华当时正处理连队的一件急事，抽不出空来，就让排长先做做工作，政治上不要歧视，生活上要主动关心。排长回去后又找卢

谈心，可他就是不听，还说不让回家，就不吃饭不起床。

这天下午，忙完连队的急事后，蒋德华来到卢宗床前，推心置腹地对他说："你有什么问题与困难，尽管对我说，我能解决的一定帮你解决。你这样终日躺在床上不吃不喝，不但会搞坏身体，还违犯了连队的纪律。你这样下去，就是回到家，武装部也要将你送回来。因为服兵役是每个公民的神圣义务，为法律所规定，谁也不能违犯。你

蒋德华向新任连长郝福泉（右）传授带兵方法

蒋德华和工兵连战士一起装载火箭布雷弹

就这样回去了，既影响个人的成长进步，也会损害你家庭的名誉，你未婚妻也未必会同意。"

快到吃晚饭时，蒋德华让炊事班做了病号饭——一碗面条外加两个荷包蛋，他亲自端到卢宗床前，说："你想家这也是人之常情，但先要起来吃饭训练。如果你总是躺着，就不会知道自己有多高。我相信你是个男子汉，不比别人差多少，现在就看你能不能战胜自我，做一个顶天立地的战士。"听连长这么一说，又看到热气腾腾香气扑鼻的病号饭，卢宗心里似乎有一股暖流涌来，感动了，他说："蒋连长，你说的在理，我听你的，一定按时起床、吃饭、参加训练。"

一把钥匙开一把锁，解铃还需系铃人。蒋德华知道，想要彻底改变卢宗，必须要有他家里的"火力支援"。过了两天，蒋德华写信给卢宗家里，让他父亲和未婚妻抽空来一趟部队，以协助做好他的思想工作，解开他想家的思想疙瘩，解除他心中的苦恼。父亲的批评，未婚妻的劝导，让卢宗深感自己错了，彻底打消了想"当逃兵"的念头。

在蒋德华和排里同志的热情帮助下，卢宗后来工作积

极，表现出色，第一年入了团，第二年当了班长，第三年就入了党。后来退伍回到长春市，还当上了一个单位的保卫科副科长。

卢宗常说："是蒋连长挽救了我，是他把我这个想'当逃兵'的人拉回到正路上，没有他就没有我的今天。"

战士无小事，时刻关心战士冷暖，为他们办好实事，这是蒋德华的带兵之道之二。

一年冬天，1连在师炸药厂施工，来这里蹲点没几天的蒋德华，听到有战士反映：已经11月底了，天气这么冷，我们的宿舍还没取上暖。蒋德华一听很纳闷，宿舍与厂部锅炉房不太远，怎么还没有取上暖？就问指导员是怎么回事。指导员说，厂里把安装暖气的设备器材都准备好了，他想等把这几天的施工任务突击完了就安装。蒋德华想，连队干部新，缺乏生活管理经验。虽说先完成任务也没有错，但关心战士的冷暖痛痒不是小事，贵在及时，我们把这事先做好了，他们的切身利益得到保障，就会增强他们的主人翁意识，调动他们的工作积极性。他把连队干部找到一起，对他们讲了关心战士与完成任务的关系，并

与厂领导商量，决定利用施工两班倒的间隙和午间休息时间，突击把暖气管安装好。蒋德华带领部队一起干，用3个中午和早操时间把管道坑挖好。缺少电焊机，他又赶回营部，把营里的电焊机从70多里外拉来，只用了1个星期就把暖气管安装完毕，让战士取上了暖。如此一来，药厂的施工任务很快就完成了。

1连施工的药厂位于偏僻农村，文体活动场所少，战士下班就往炕上一躺，想打球却没有场地。蒋德华觉得这个问题应该解决，就与连队干部一块，领着战士干了几个中午和早上，就地平整了一个篮球场，然后又回到营房拉来篮球架和篮球。这样一来，大家下了班都争着去打球，连队气氛比以前活跃多了。类似这样的事，他在1连蹲点1个月，还办了3件。连队指导员深有感触地说："怎样带好兵，营长做出了好样子，情要深，心要细，办实事，我们这些新干部，真得好好学着点。"

关爱到每个战士，宁可自己跑断腿，也不让一个战士感到孤单，这是蒋德华的带兵之道之三。

独立工兵营常年分散在外执行任务，点多线长，只要

1979年12月,蒋德华(二排中)被118师党委评为"部队现代化建设的实干家"。图为他与师领导和获奖人员合影

蒋德华传授火箭布雷新战法

蒋德华与战士一起练硬功

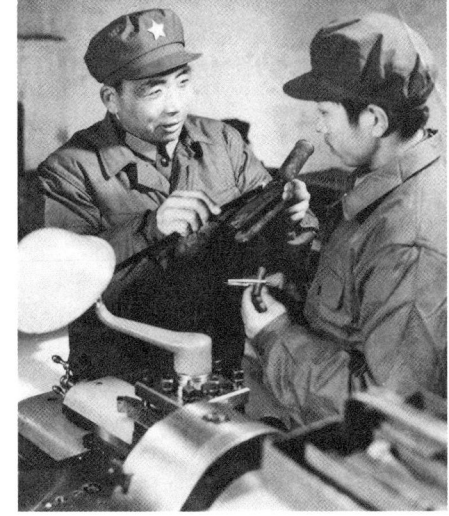

机械作业时,战士们有不懂的技术难题,蒋德华不厌其烦地指教。这是他手把手地向车工传授自己创造的"加工冻土拔钎器法"

有可能，蒋德华总是亲自去看望战士，帮助连队解决实际问题。1979年底，3连空压机2班配合兄弟部队执行采石任务。当时，蒋德华在炸药厂蹲点，但对3连的这几个战士总是挂在心上，8天里他去了3趟。他担心在天冷风寒中露天作业的战士没有保暖装备，立即回到营里，从仓库里找齐衣鞋，派人送到6名战士手里。后来战士们又向蒋德华反映，做饭没有煤、烤机器缺少劈柴，蒋德华又到营房科解决了2吨煤和100公斤劈柴，很快给送了过去。

后来，采石现场只留下两名战士看石头，蒋德华也没忘了他们。1980年1月1日，蒋德华想到部队放假过节，那两个战士远离连队，很辛苦，应该去看一看。于是他吃完早饭，跑了40多里路，赶到山上去看他俩，询问他们过节的食品有没有，工作中有啥困难，想不想家？还分别与这两个战士谈了心，然后才离开。

蒋德华离开时已经是下午5点多了，他突然想到2连还有几个战士看守师训练场，就又赶了10多里路赶到驻地。当时天色已晚，战士们见他这么晚了还来看望他们，都很受感动。班长张仲全说："今天过元旦，您自己不休息，跑

这么远来看我们，您辛苦了。"并一再表示绝不辜负营首长的关心，一定完成好看守任务。

这一天，蒋德华一连看了两个点，跑了50多里路，在回来的路上确实很疲乏，但他见到了战士，了解了真实情况，虽然累一点，心里却踏实多了。

任人为贤，敢于"为兵请命"，让优秀战士上位，培养合格的军队人才，这是蒋德华的带兵之道之四。

机械连战士陈锡和入伍到工兵营后，听说营长是个功臣，为人脚踏实地，处处起模范带头作用，对己严格，对人热情，营里同志提起他，没有不竖大拇指的。他为自己能到这个营当兵，有这么一位营长，感到十分荣幸，也暗暗地以他为榜样，做好自己的本职工作。

后来，他当上了炊事班长，还兼顾给养员工作，非常辛苦，除了每天要起个大早买菜、保证全连百十号人的一日三餐，还要想方设法调剂好大家的伙食。那时伙食费很少，每人每天只有4元5角，靠这点钱是难以搞好伙食的。他就开动脑筋想办法，在重点养好几头猪外，还组织各班种好蔬菜，然后自己动手腌制了20多种小菜。此外，还将

节省下的钱，买一些肉类鱼类等荤菜，不时地改善伙食。

"机械连的伙食搞得好！"去过这个连的人都这么说，蒋德华也觉得不错。但究竟好在哪？耳听为虚，眼见为实。他几次到连队查访，最终确认这个连伙食搞得不错，主要有个能干的炊事班长，叫陈锡和。蒋德华很有兴趣地找到他，问："你认为称职的炊事人员，主要是什么？"陈锡和回答：

每逢节假日，蒋德华总要深入连队炊事班帮厨，同战士打成一片。图为他与连队炊事员一起包包子

"能吃苦，要实干，会管理。"蒋德华满意地点了头："说得好，干得也不错，小伙子，好好干吧！"

受到营长的鼓励，陈锡和像吃了蜜糖似的，心里头美滋滋的，工作劲头更大了。他的工作得到了蒋德华的肯定，前进的方向更明确了。

没多久，在蒋德华的建议下，工兵营在机械连召开现

蒋德华把实践中积累的维修保养机械的知识和经验,毫无保留地传授给战士

新战士来队后,蒋德华亲自为他们上技术课

场会，推广了他们加强伙食管理的经验，介绍了陈锡和全心全意办伙食的先进事迹。之后，师里也召开了现场会，组织全师给养员、司务长前来参观学习。

机械连缺个司务长，教导员找蒋德华商量，看提拔谁担任此职？蒋德华审慎地说："陈锡和，你看行不？他炊事班长干得出色，司务长也可以胜任。"教导员也同意他的意见，认为陈锡和是不二人选，决定提拔他为司务长。

可好事多磨。与教导员商量好司务长的人选后，蒋德华就回南京家里休假了。待他结束休假回部队后，原定的司务长人选变了，换成了另外一人，名单已上报到师里。这个同志蒋德华非常了解，喜欢耍嘴皮子，实干精神不够，作风浮躁。蒋德华认为他不能担当此任，仍坚持按原决定让陈锡和任司务长。同时觉得教导员的做法不妥，已经决定的就要执行，如果有异议可提出再商量，不能趁人不在之机暗渡陈仓。他认为教导员不尊重他个人意见倒没什么，但不按组织原则办事，作为党委书记很不应该。蒋德华推心置腹地与教导员交换看法，但教导员仍坚持己见。蒋德华只得找师政治部干部科，汇报了原定事务长人选、突然

变化的过程、原因和基本事实，干部科负责同志经过调查研究，认为蒋德华的意见是正确的。就这样，1979年6月入党的陈锡和，7月又被提拔为司务长，成为全师最年轻的干部。他当了3年司务长，连队被军区后勤部评为"三好五无"单位，个人被师里树立为"司务长标兵"，是全师十大标兵之一。

有人说，陈锡和的司务长之职，是蒋德华"争"来的。对此，蒋德华也不否认，因为他争的是公平、争的是原则、争的是人才。他认为，爱军队、爱战士，说到底就是要爱人才。为党和国家而争，争那些爱军之才、为军之才、建军之才。对于有发展前途的战士，就要悉心栽培，及时除去他们身上的"杂草虫害"，让他们有个适合生长的土壤和环境。还要冲破各种阻力，为他们提供必要的上升条件。要说"争"，也是陈锡和自己争来的，通过他不断的苦干、实干、努力地干出来的。这种争的精神有什么不好！

部队到长白山施工后，蒋德华又点名要来陈锡和，让他负责会计工作。在这个艰苦的环境里，陈锡和亲身感受

到了老营长无私奉献的精神，亲眼目睹了他实干苦干身体力行的风范。蒋德华太阳一出就上山，太阳落山才回工棚，在长白山的几年里，始终与战士们同吃、同住、同施工。突击任务时，他身先士卒，总是走在前头领着大伙干。遇到困难时，他又在很短时间里拿出对策，战胜艰难险阻，不耽误工期。在他那里，没有解决不了的难题，也没有完不成的任务。

陈锡和看在眼里，想在心头。工作热情高，遇事敢担当，管理有方略，带兵有道道，特别有奉献精神……老营长身上的这些闪光点，让他十分佩服。

1987年5月，工兵营道桥连到漠河图强林业局育英林场执行施工任务，火车至塔河时突然受阻，不能前行。连长陈锡和立即下车打听，原来大兴安岭发生了特大森林火灾。在没有接到上级扑火命令的情况下，他当机立断，主动向当地人民政府请战，在第一时间里投入到大兴安岭特大森林火灾的扑灭战斗中。在瓦拉干林业公司被大火逐渐包围的危急关头，他率领全连官兵奋战7昼夜，14次扑灭52延长公里火头，扑灭燃火点18个，打出防火隔离带10

公里，抢建木桥一座，并与地方群众一起，保住了4000多名居民和600多户住宅的安全，保住了1座油库和1个贮木场。大火扑灭后，他又带领大家转入救灾任务，连队官兵克服劳累疲乏，坚持昼夜连续作战，用5天时间为灾民建简易房。

"天降神兵，英勇顽强！"

道桥连的英雄事迹被当地群众传颂着，地方政府以最快的速度，把他们的事迹整理了材料报告中央军委，要为扑灭大兴安岭大火的这支"天降神兵"请功。沈阳军区急电40军，要他们查询所属部队有无这个连队，才知道这"天降神兵"正是该军118师工兵营道桥连。军长震动了，这么好的连队指挥员，临机处置迅速得当，有将校之才，是我军之幸，应该表彰。

1987年6月26日，中央军委授予道桥连"大兴安岭扑火先锋连"荣誉称号，沈阳军区也给陈锡和荣记了一等功。1987、1997年"八一"建军节，陈锡和还分别出席了全军英雄模范代表会议，先后受到军委主席邓小平、胡锦涛的亲切接见。

一路走来，陈锡和始终觉得有一个人一直伴随着他，引导着他不断向前迈进。有一种精神时刻在影响着他，鼓舞着他。而传承这种精神的正是这个人，正是老营长蒋德华。

"我们没有上级的扑火命令，但部队的传统就是'无声的命令'，它指挥我们去战斗。"

2012年7月，在中央军委授予道桥连"大兴安岭扑火先锋连"荣誉称号25周年纪念会上，已经是南京陆军指挥学院研究生管理大队政委的陈锡和，首先把老营长蒋德华的事迹向大家作了介绍，然后说了一段意味深长的话，他说："工兵营为什么获得这么多荣誉？因为我们有优良传统，执行任务敢打敢拼，遇到危险挺身而出，勇于战胜一切困难。这个传统代代相传，我们都是它的受益者，而我受益最大。"

他是有感而发，说的是真心话。如果把陈锡和与蒋德华对照，不难发现他们有不少共同点：比如，在原则问题面前，他们都能忠诚于国家，忠诚于人民，忠诚于党；在关键时刻，危难之际，他们都能挺身而出，勇于奉献自己；

平时，他们都能脚踏实际，爱岗敬业，在平凡的岗位上干出不平凡的业绩；他们都是一等功荣立者，都有荣誉称号，都受到党和国家领导人接见。纵观两者，从蒋德华到陈锡和，他们身上似乎有一种精神在传承，有一种传统在发扬光大。似乎有一种传统的纽带，把他们紧紧相连。所以传承之事，至关重要。因为它延续的不仅仅是工兵营传统，更是人民军队的血脉。

将老营长视为"慈父"的陈锡和，始终不忘昔日他对自己这颗"禾苗"的精心浇灌。到南京工作后，他每年春节都带着夫人到蒋德华家拜年，他说："忘了谁也不能忘了老营长，我这棵'禾苗'能成材，多亏了他！"

3. 敬业的石子

1981年3月，蒋德华由工兵营长提升为师后勤部副部长。命令下达不久，师长吴家民就找他谈话，说全师营房破旧，因经费紧张，多年失修。师党委决定抓生产经营

搞点创收，把营房整修一下。生产经营是个技术活，又要与地方打交道，负责干部没有威信和能力不行。师里考虑再三，请蒋德华担此重任。吴师长掏心窝地对他说："老蒋，你去负责，我们师党委放心。"在任务面前，当了副部长的蒋德华还是那句老话："请师党委放心，保证完成任务！"

第二天，蒋德华带了几个工作人员，前往吉林省抚松县泉阳林业局联系工程。林业局的领导说，今年修建公路的工程已全包出去了，只有储木场的4公里铁路专用线要大修，不过这个工程技术要求高，时间紧，大修中还不能影响正常的发送木材，你们能接吗？"能接！"蒋德华当机立断地回答，因为过了"这个村"今年就没有"这个店"了，并与林业局很快签立了合同，双方约定，新铁轨、枕木、基石、道钉等材料由林业局负责提供，铺设轨道由部队负责。

合同是签了，但没有金刚钻干不了这瓷器活。搞机械工程的蒋德华心里明白，他们修铁路是大姑娘上轿头一回，没有懂行的技术人员不行。于是，他就到义县车辆机务段

聘请了1位工程师，又在泉阳车辆机务段聘请了8位退休技术工人，以师傅带徒弟的传统方法，带着60多个官兵，一边学一边干。没有修铁路的大型设备，他们就用自己的两只手，先将路面铺实基石，将枕木一根一根地铺设在基石上，又将几吨重的铁轨，一条一条地抬到枕木上，然后将它们牢牢地固定。为了不影响正常运送木材，他们采取分段、定时、不分昼夜作业的方式。这样，既不影响铁路专用线的畅通，又只用了4个月，就保质保量地完成了4公里铁路专用线的大修任务。经泉阳铁路部门和林业局验收，被评为优质工程。铁路部门的领导说，部队修建的铁路工程，比我们修的还要快还要好。

修路结束时，蒋德华看到不少被废弃的旧枕木，大都木质还好，丢了觉得很可惜，就组织战士收集了3车皮，运回师部，解决了营房维修缺木材的困难。这一次，他们旗开得胜，为师里创收了25万元。当蒋德华来到师长办公室汇报情况时，吴师长激动得从沙发上站起来，握着他的手连连称赞："真不简单，谢谢你们为师里作了大贡献。"师里为表彰蒋德华，给他记了三等功。

熟悉蒋德华的人都知道，他工作第一，是个有名的"工作狂"。与他一起工作过的师后勤部部长曹成通深有感触地说起了他的往事。

有一年蒋德华回南京探家，刚过了一个星期，妻子陈大星就发现蒋德华在想工作，一问，他果然在想施工方案。他算啊，写啊，画啊……还拍电报、写信给领导和部队。后来，他觉得有些事电报、信都说不清楚，就提前10天赶回了部队。当蒋德华把在休假期间写出的计划、图表摊在师后勤部长曹成通的面前时，曹部长非常吃惊。这些

《解放军报》1984年4月22日报道了蒋德华的模范事迹

计划大到整个施工所需的机械设备、物资种类数量、兵力使用安排，小到每个上山战士的衣食住行，他暗暗佩服蒋德华，说："老蒋啊，你这不是回南京休假，简直是回去上班啦！"

但更为可贵的是，蒋德华对工作极其认真负责，不断追求对工作的高标准。在泉阳林业局，至今还流传着他"炸桥"的故事。

1982年初，蒋德华带领3个连队到长白山支援林区建设，承担了为泉阳林业局修筑12.8公里的公路和42座桥涵的任务。6月，二炮连修筑的第一座桥涵竣工了。一个由局领导和工程技术人员组成的检查验收组来到了工地。验收中，局指导施工的技术代表认为桥涵质量基本合格，而检查组中有的同志则对混凝土盖板上的麻面和盖板间的缝隙提出了问题，双方意见分歧发生了争论。站在一旁的蒋德华想，既然有争议，起码说明这座桥涵质量不高，头一座对付对付，以后那些桥涵的质量也高不起来。他牙一咬，决定："炸掉，重修！"

听说要把连队辛辛苦苦干了一星期才修筑起来的桥涵

炸掉，连队有些干部战士想不通，有的说："不就那点问题吗，争一争就能过关，何必重修呢？"蒋德华严肃地说："我们是军人，是党员，不能靠嘴巴争出个高质量来，而是要用行动干出个高质量来。"他指挥大家坚决炸掉了这座质量不高的桥涵，带着战士们又奋战一个星期，重修了一座高质量的桥涵。

1984年6月，蒋德华被沈阳军区党委授予"优秀共产党员"荣誉称号

在以后施工的日子里，蒋德华始终坚持现场指挥，对施工的关键环节都亲自把关，反复检查，一丝一毫不马虎，一点一滴也不迁就。

这年10月的一天，天降大雨，蒋德华带领两个连队冒雨进行一座桥涵的抢修合龙。到了下午，桥涵只剩下最后一道缝隙就合龙了。这时，已经在大雨中干了一天的干部战士都十分疲劳，又冷又饿。为了快点收工，一个干部领着几个战士，随手搬来一些料石准备塞进去。蒋德华连忙

拦住，解释说："这条结合缝是整座桥涵压力最集中的地方，胡乱地塞进去一块石头不合标准，年久了水泥失效都可能出大问题。"说着，他不顾疲劳，亲自走到桥下，在料石堆里一块一块地挑选，最终选了一块石头，将它凿成三角形，紧紧地塞进间隙中，然后再灌浆。做完了这一切，他才放心地带领大家收了工。

林业局派来的技术代表，望着浑身湿得像落汤鸡似的蒋德华，被感动了："真看不出你还如此懂行，像你这样对工程质量负责的人，现在难找啊！工程验收时，我举双手为你们的工作打满分。"

果然在施工验收时，蒋德华带领干部战士修筑的12.8公里的公路被评为优质工程，42座桥涵都达到了高质量，吉林省有关部门还在这里召开了现场会，并给予通报表扬。

事后，蒋德华在施工总结大会上重提石子问题，他说："有同志仍然认为没必要换那石头，说我是不是有点小题大做了？我的回答是，这种小题不小，必须要大做，虽是一颗普通的石子，但它承受的责任重大。在国家这座大厦里，

1984年10月1日,蒋德华参加共和国35周年国庆观礼。图为他随观礼代表团游览北京长城

我们每个人只是一颗渺小的石子，是很不起眼的。但是，一颗敬业的石子，又是不可或缺的。它关系到国家大厦的安全与长久，也能体现我们这些小石子的敬业精神、自身价值和应有的担当。"

"细节决定成功，做一颗敬业称职的石子！"战士们似乎听懂了他的话。

第五章　一身正气

1. 两袖清风

夏日的义县，在车站通向营区的公路上，一辆小驴车在欢快地奔跑着。赶车的是蒋德华，车上坐的是他刚从南京来探亲的妻子和一对儿女。

那时蒋德华是工兵营长，营里大小汽车有几十辆，过去别说干部，就是战士家属来队，也想法弄辆汽车去接，结果汽油超过了指标。为此，蒋德华就与营里干部研究决定：今后家属来队，没有特殊情况，不准用公车接。规定是他提出制订的，他应该身体力行做表率。这不，现在他自己家属来队，派的车就是这辆"驴吉普"。从这以后，"驴吉普"接站就开了头。2连指导员家属来队，也是"驴吉普"去接，来者不高兴地说："不用汽车，坐这驴车多掉价。"指导员说："蒋营长家属从南京来，坐这车都不怕掉价，咱们掉什么价！"这一年，工兵营用油没超支，工作上一跃成为师直先进单位。

1982年夏天，蒋德华的妻子带着放了暑假的两个孩子，从南京来到长白山探亲。孩子听同学们说，长白山的天池

风光优美独特，很想去见识见识，希望爸爸领着他们去游览一番。

可蒋德华一推再推，整天忙个不停，眼看探亲快要结束，12岁的儿子蒋斌又对他说："爸爸，你领我们去吧，去了我与姐姐还要写篇作文。我们一家人同游天池，这多有趣呀！"蒋德华也想带他们一起游览天池，享受享受天伦之乐，尽一点父亲的责任。可部队正在山上紧张施工，星期天也不休息，让他带着家里人游山玩水，他做不到。于是他对儿子说："爸爸实在没空。这样吧，你们娘儿仨自己去游览。等我休假回南京后，一定带你们同游玄武湖。"儿子见爸爸工作这么忙，也没再说什么，就随妈妈与姐姐自个儿玩了一回天池。

在118师，官兵们还流传着"190＝0"的故事，这不是一道数学等式，而是蒋德华担任师后勤部领导后，对那些要求他弄木材的一个真实记录。人们把它称为"两袖清风的'0'记录"。

蒋德华擢升为后勤部副部长不久，随即又成了率领部队在林区筑路、伐木的一线总指挥。3年来，数千万立方

木材全部经他之手发回部队。"热门货"一握在手,各路宾客慕名盈门,蒋德华成了人们争相追逐的人物。在那个木材紧缺的年代,人们想得到木材或做件家具,就得找门子、拉关系。蒋德华手里有这"硬通货",于是他们就直接找他,或给他写信,寻求他的帮助。3年中,他接到这种来信、条子近200封(张),写信递条子的有他的老战友、老熟人,也有家乡的亲戚朋友,还有老首长、上级。然而,不论是谁,也不管怎么说,蒋德华都是"铁将军"把门,一个不办,保持了一个光荣的"0"记录。

部队在执行铁路修筑任务中拆除的旧枕木,上级决定运回部队处理。恰在这时,蒋德华收到部队一位老战友的来信,说他近期就要转业到地方,缺些打包装箱的木材,希望弄10根废旧枕木,单独发给他。蒋德华立即回信说明上级的规定,拒绝了他的要求。可不久,这个老战友又来信,坚持让蒋德华弄。蒋德华只好再次写信说明情况。谁知他又来信,说少弄几根也行。连收三信,蒋德华有些犯难了:这个同志过去在连队与自己搭班子工作过,以后又一度当了自己的上级,彼此间的感情一直很好。再不给办,

别人会说自己太无情了。

在私情与党性发生碰撞的时候，蒋德华最终选择了党性，因为他懂得，党信任他，才把权力交给他，遇事应先想党性原则才对，哪能顾了私情丢了党性原则。他还想到，这不正之风就像堤内之水，你开一个口子，后面的水就会奔涌而来，有了这"一"，就会有"十"、"百"，那时大堤决口，洪水泛滥，想堵就难了。决不能让这个"0"变成"1"。尽管这个战友以后又找过蒋德华几次，还说了些难听的话，他就是没有松口。

有人说，不给战友情面可以做得到，因为这里面没有多少利益利害关系。但对领导和上级就不同了，他们可以决定你的前程、仕途甚至命运，领导让你办的事你不办，他就可以说你"不会办事"，而名正言顺地炒你的鱿鱼。但蒋德华在不正之风面前，即便是顶头上司，也是一个原则，一把尺子，一视同仁。

也许有人不相信，但蒋德华确实做到了。一次他应一位副师长的要求，前往他家汇报工作。那年是施工第一年，任务完成得很好，应该去汇报汇报，让首长也

高兴高兴。到了地方，副师长在门口迎候他，进屋后，香烟、苹果、糖块向他递来，还泡上一杯好茶，让他应接不暇。

"老蒋，听说你在那里干得不错，任务超额完成了？"蒋德华扼要地汇报了施工情况，然后说："副师长，多亏你几次去工地指导，打了个好底呀！"

"你辛苦了，我向党委建议给你请功。……嗯，我那立柜带回来没有？"

蒋德华是个实诚人，从来不说谎话，顿时语塞，不知如何回答。说把这事忘了，这不是事实，首长肯定也不信。说不符合原则，当面顶回去，难于开口。他低下头，想起了首长向他交待这项任务时的一幕。

这年春天，蒋德华上山前，这位副师长把他叫到家里，对他说："这次提拔你当副部长，并派你去长白山伐木修路工地当总指挥，是我力举，你这样的老典型老先进不重用重用谁！希望你不要辜负党委的希望，好好地干出成绩来。"蒋德华也向他表了态，以自己的实际行动，报答党委的关怀。在蒋德华辞别副师长时，副师长对他说："我的孩

子要结婚了，缺一只立柜，那儿木料好，给我弄一只，下山时顺便带回来。"

这位副师长以前是蒋德华的老上级，现在又是直接领导他的顶头上司，这点事怎能忘呢？蒋德华上山后，白天在工地，晚上躺在炕上，时常想着这件事。要说难，也并不难，这里木料堆积如山，在地方托个熟人说一声，就能办成。再说，这位副师长又是这个工地的创业者，打个立柜就是大伙知道了，谁又能说个啥。但要说不难又确实很难，蒋德华想到的是，师党委规定一律不准干部战士在工地做私活，万一开了这个头，在这里施工的300多号人都打起家具来，那成了什么部队？对地方又会造成什么影响？他是个受党教育多年的党员，只能为党争光而不能抹黑。思来想去，这件事就一直拖了下来。现在，副师长又重提这事，他不能再沉默不语，应该有个明确态度，尽管这个表态可能会给他带来负面影响，但为了党的荣誉，他也顾不得了。他说："老首长，这事不好办呀。我想了很多，这么弄影响不好！""怎么影响不好，你过去执行任务很坚决的呀，怎么现在婆婆妈妈起来。给我办，有啥影响我兜

着。"副师长下了死命令。

1982年底的一天，蒋德华刚回到营房，这位副师长就打来电话，问那立柜带回来没有，蒋德华还未回答，他就很生气地说："怎么，还是没有办？好了，好了，你有难处，就不让你办了。"说完，咔嚓一声，把话筒撂了。手里拿着话筒的蒋德华，站在办公室里愣住了，半晌说不出话来，是去副师长家赔礼道歉答应办，还是坚持原则守住底线不办？考虑再三，他最终选择了后者，党委把这副重担交给他，是对他的信赖，他做的每件事都应当让党委放心。相信副师长慢慢会理解的。想到这里，他放下手中的话筒，如释重负。

有求于地方是否就可以放弃原则，置党的利益于不顾，以换取部队的暂时利益？蒋德华以实际行动回答：丁是丁，卯是卯，不拿原则做交易，也不怕地方个别群众误解，始终按政策秉公办事。

1982年12月，初冬的辽西大地还刚刚冰冻，长白山已经是大雪纷飞了。这天清晨，天刚放亮，杨树屯前的雪地上，两行脚印在向后延伸着。一前一后的两个人正在追逐，

后面的这个终于追上了,硬是将一包人参塞到前面那人的手里,还人参的这个人就是蒋德华。

原来,蒋德华所在的师最近来这儿伐木施工的林业局征兵,大伙见蒋德华是这个师后勤部的领导,都想找他为自己的孩子去当兵说句话。这天大清早,蒋德华还没起床,局基建处的一名技术员就带着3斤人参来找他了。蒋德华耐心地说:"你孩子想当兵,我们双手欢迎。但应让你孩子参加地方统一体检,符合了征兵规定就可参军。"这位干部听了这话,也不说什么,把人参往床上一放,就头也不回地走出屋。蒋德华迅疾披起棉衣就往外追,硬是在雪地里把人参退给了他。

后来,这个孩子一检查,有心脏病被刷了下来,技术员又急急忙忙地找着蒋德华说:"老蒋,你也太不够意思了吧,这些年来你带部队在这里施工,哪点没有照顾你们。这点忙都不肯帮,那好,从今往后,咱们骑驴子看唱本走着瞧!"技术员的话充满威胁。

在场的干部有的扯了扯蒋德华的衣角,轻声对他说:"他可是个实权派,你真要把他得罪了,往后就有我们的苦

第五章 一身正气

1982年10月,陆军第40集团军118师司令部、政治部、后勤部机关人员与师领导合影,前排中为蒋德华

吃了,你还是找师领导说说情吧!"但蒋德华想的是,虽然这位技术员管工程质量,这些年对部队帮助的确不小,今后也还需要他的帮助,可征兵得保证兵员质量,不能以不合格兵源换来工程做,这牵涉到党纪国法,是原则问题,一点儿也含糊不得。他理直气壮地说:"话可别这么说,走着瞧也没啥了不起,我们靠质量交工程。"

这次征兵，在半个多月时间里，从领导到办事人员，先后有十六七个人找过蒋德华，有的请他吃饭，有的给他送人参。而蒋德华一家饭没吃，一份礼没收，严格按征兵政策办事。他这样坚持原则，不循私情，虽然招来了一些人的怨恨、讽刺，但多数人还是敬佩他。

征兵工作结束后不久，林业局一位副局长来找蒋德华致谢。这位副局长也曾三次请蒋德华为他儿子当兵说情，蒋德华始终没有松口。这天，副局长对他说："老蒋，我真的要感谢你，要不是当初你拒绝了我，那可就要坏事了。现在，我正负责处理我们局的武装部长在征兵中的受贿问题，多亏你坚持原则，我才没被牵扯进去。"从这事上，蒋德华进一步看到了大多数干部群众是不赞成歪风邪气的，更加坚定了他坚持原则、廉洁奉公的信心，他下定决心要永远保持他那两袖清风光荣的"0"传统。

2. 转折时刻

1983 年，是蒋德华人生中的一个多事之秋。

1 月，提前探亲归来的蒋德华，正盘算着这一年早上山、早点完成施工任务的事，没想到师领导找他吹风：先不要上山了，做好两手准备吧。原来是要他做好转业的思想准备。这个消息虽然来得突然，但也在意料之中。自古道，铁打的营盘流水的兵，战士退伍干部转业，就像春夏秋冬的季节转换一样自然而正常。这一年他已年近 50，超过现任职务的法定年龄。为了让年轻干部早点上来，他不能再占着这个位置，影响部队的正规化、现代化建设。只是 30 多年的戎马生涯，让他对部队的那份深情厚爱不能忘怀。就此离开他熟悉的军营、朝夕相处的战友，割去军人情结，他真有点舍不得。他还想继续为部队服务，尽点绵薄之力。如果可能的话，他愿把自己的一生奉献给部队。但他对组织从来是说一不二的，既然领导有这样的安排，他不能因一己愿望而违背党组织的决定，过去没有，现在也不会，他还是那句话："一切听从组织安排，一切服从工

作需要。"

蒋德华要转业的消息给他南京的家庭带来了欢乐。全家人都盼望着团聚，女儿、儿子期待着爸爸早日归来，以享天伦之乐。南京的一些亲戚朋友，还联系一些条件比较好、适合蒋德华工作的单位，让他选择。而蒋德华首先想到的，还是部队在长白山的施工任务，他要为部队尽最后一份心，出最后一份力。

不久，又一个新消息传到蒋德华耳里，他不转业了，列入编外，继续带部队上长白山施工。

蒋德华的转业还是留队，牵动了师党委，常委们开了好几次会，反复研究这一看似普通实属特殊的人事安排问题。蒋德华几十年如一日，夫妻分居两地，他以部队为家，生活战斗在最基层，在夏日炎炎的三伏、冬日严寒的三九里训练，在阴暗、潮湿的"地层深处"施工，在冰天雪地的长白山森林里筑路，度过了漫长岁月，为国防和部队的建设做出了特殊贡献。他是军区的先进典型，是部队干部的一面旗帜。让他留队继续发挥光和热，这不仅是对先进人物的一种肯定和关怀，也是对他奉献精神的张扬和光大。

相比而言，他留队的作用更大。

常委们商量来权衡去，最终决定蒋德华留队列入编外。他们逐级向军区党委写报告，军区同意了他们的意见。

负责与蒋德华谈话的杜副师长试探地问："你听到过什么消息没有？""首长，消息听到了一点，不过请放心，只要在部队一天，我一定和过去一样，尽心尽责抓好施工。"杜副师长伸出大拇指："真不愧为老先进，还是你高啊！"

第二天，蒋德华就深入连队检查施工机械，布置先遣安营事宜。几天后，他带着干部战士上了长白山。

施工队有300余人，10多部机械，是从几个连队抽调来的，蒋德华是这个队的总指挥，工作班子只有两个干部，连长李金雷负责现场施工，会计王庆安管账和生活。10多里长的工地上，从工程设计、人员调配、机械使用、物资保障、部队管理，都得他一人操心。他每天凌晨4时起床，晚上10时以后睡觉，开工8个月，没过一个星期天，没睡一个囫囵觉，身体消瘦了许多。

那天，蒋德华检查完施工现场归来，走着走着，突然眼前发黑，两腿发软，倒在地上。过了一会儿，他挣扎着

站起来，又向前走去，没走多远又晕了过去……收工回来的战士发现后忙把他搀回帐篷。休息了一夜，第二天他又上山了。过度的劳累，使得蒋德华的十二指肠溃疡病犯了，一连好几天疼得直不起腰，医生把这一情况报告了师党委，党委决定把全师唯一的疗养证给蒋德华，让他到大连海滨疗养院边治病边疗养。然而，师党委3次给他疗养证，都被他谢绝了。

蒋德华列为编外后，不少人以为，他不会再像以前那样干了，可看到蒋德华比以前干得还欢，在佩服的同时，有人不解地问蒋德华，这样拼命干到底图啥？他说："只有编外干部，没有编外党员。是党员，啥时候都得尽党员义务和责任！"

在任职期间，蒋德华既严格管理部队又善于带兵。现在又来到这千里之外，单独执行任务。虽然都是临时机构，从不同连队抽调的人马，但他关心战士的心更细、情更挚了。

6月15日，3炮连战士赵东杰在筑路中，不慎被吊车钢丝打伤头部，生命垂危。正在吃饭的蒋德华听到这个消

息，立即撂下刚来队休假的妻子、孩子，起身赶到出事现场。他叫来吉普车将伤员送往泉阳镇林业局医院抢救，并从工地调来数名战士献血。林业局医院鉴于伤员病情严重，提出要有大医院的医生一起会诊，蒋德华又向千里之外的通化驻军医院联系，请他们速派专家前来抢救。从中午起，他一连忙了十来个小时，一口水没喝，一顿饭没吃。听说小赵高烧不退，急需冰砖降温，还需要备氧气瓶，他又连夜跑遍了泉阳镇，找来冰砖和氧气瓶。整整两天一夜，蒋德华守在赵东杰身边，直到他脱离危险。以后的一个星期，他又抽空几次去探视。

赵东杰头部负伤后，蒋德华在第一时间让人给他家里拍电报，通报了这一情况。闻讯而至的赵东杰母亲，看到儿子负伤没有流泪，可是站在蒋德华面前，泪水却打湿了衣襟。她对在场的人说："蒋部长真比我们当父母的还尽心啊！"

赵东杰退伍后，他的父亲给蒋德华邮来一只包裹，里面装的是两斤木耳和一封信。信中写道："蒋部长，感谢您救了我孩子，您给了他第二次生命……用我这笨拙的笔，

是难以表达我们全家的感激之情的。这点土特产，是我们做家长的一点心意。"

蒋德华给赵东杰的父亲写了封回信，把两斤木耳和自己给小赵买的两瓶麦乳精，让人一起捎去。他在信中这样写道："您儿子不幸负伤，是我没有尽到责任，我应该向你们检讨，我所做的，都是应尽的责职。"

在长白山施工期间，蒋德华常想，师党委把几百号人交给我，在这么远的林区执行任务，更要和战士心连心，同甘共苦。所以，他总是把战士的疾苦、干部的困难，时刻挂在心上。工兵1连有个战士长了疖子，不知什么时候被蒋德华看见了。于是蒋德华去泉阳办事就特地带上他，让小车驾驶员拐了6公里，把他送到林业局医院做了手术。师党委得知蒋德华患低血压，身体又不好，就派孙福源副师长带着6瓶麦乳精40斤苹果来慰问他。蒋德华想，部队在这里没日没夜施工，战士比自己更辛苦，应该慰问的是他们。于是，他就把苹果分到各连，麦乳精本也想全部送给病号，在孙副师长的再三坚持下，他只好留下一瓶，然后与副师长一起慰问了病号。孙副师长看到这一切，很动情地说：

"这就是我们的老蒋,战士在他心里比自己还重要!"

令连队干部羡慕的是,只要蒋德华在连队,连队就没有病号,再调皮的兵见了他都老实。说来也奇怪,干部们说:"一提起他,兵就好带。"战士们说:"一看见他,身上就来劲。"后来连队干部也慢慢地感悟到,这就是榜样的力量,行重于言,战士们不看你说多少,也不看你说得如何,而是看你做得怎样,行动如何。事情就是这样:感人心者,莫先乎情;动人心者,莫先乎行。再昂扬的话语,抵不过一个微小的行动。蒋德华就像长白山那奔腾不息的小溪,以自己的行动展现出一点一滴的爱,一丝一缕的情,在无声中滋润了干部战士的心田,也染绿了周围的山川大地。

1984年6月,沈阳军区党委根据蒋德华所在部队的报告,把蒋德华列入编内干部,并提升了他的职务。

3. 迟到的一等功

工兵出身的蒋德华，深知施工中必须保证绝对安全。人的生命只有一次，炸药不长眼睛，如果稍有疏忽，就会危及人民和战士的生命安全，那无疑就是犯罪。每次开山放炮前，他除了督促干部抓好安全，还亲临现场检查指导。

有一次，"啪啦啦，啪啦啦……"，飞起的土块和乱石落在工兵3连的帐篷上。

"又开山放炮了，不知警戒放得怎么样？"蒋德华闪身出了帐篷。蓦地，他听到小孩的哭喊声。定神一看，在距放炮地点不到50米处的草丛中，站着两个小孩，手里提着捡蘑菇的筐，被爆炸声吓呆了。

"别乱跑，危险！"他一边高喊一边飞身朝小孩跑去。当他把两个小孩紧紧地搂在怀里时，一个大土块，一个粗树根突然朝他飞来。他抱着小孩一闪身，躲开了。好险啊，一块几十斤重的石头，就落在他的脚边。

一连30余炮放完了，同志们跑过来一看，两个小孩安

然无恙,蒋德华身上尽是灰土。

事后,《锦州日报》刊登了署名为良成、茂盛的题为《生命的火花》的长诗,对蒋德华的英雄行为给予了热情赞扬:

轰隆隆,爆炸声震荡山谷,
哗啦啦,空中骤起沙石风暴;
两个小孩吓得惊慌失措,
在危险区里发出求救的哭叫。

安全区,一双双惊恐的眼睛,
呆呆地瞅着这两个危险目标,
每人内心里都有矛盾斗争吧:
扑过去?还是这样望着……

呵!是谁?在与时间赛跑?
冲向危险区!冲向死亡风暴!
他像母鸡展开翅膀,
搂住孩子闪身卧倒。

一炮、二炮、三炮……
团团浓烟遮天蔽日,
泥土、树根、石块……
击打着军装落满军帽。

炮声停息,硝烟散去,
深谷山坳红一角。
舍己救人的英雄,
火红的热血点染着青青芳草。

呵,孩子望着你,幸福微笑;
乡民们望着你,热血如潮;
我也望着你——
还有他和他们……

望着你呵,脸儿在发烧!
在生死考验的关头,

呆呆伫立，脚步没有动分毫！

懦夫呵，心中没有崇高理想，

前进就没有动力和目标。

学习你呵！

坚强的共产主义战士，

时刻听从祖国和人民的召唤，

让生命的火花在革命路上燃烧！

1983年下半年，沈阳军区、40集团军、118师政治部组成联合调查组，为进一步弘扬他以党的事业为重，以部队为家，积极做好本职工作，为党和部队建功立业的自我奉献精神，对蒋德华入伍后的表现和先进事迹进行调查核实。

调查组来到蒋德华的老家江苏盐城，先找生产大队的领导和乡邻了解核实他的有关情况，又来到南京蒋德华妻子的住处，听她诉说她与蒋德华的故事。调查组负责人、沈阳军区政治部《前进报》社社长李之熙，在与部队干部战士的交谈中，听到了蒋德华一个一个看视平凡实质多数

人不易做到的故事，以及它们所体现的共产党员高度的党性原则和奉献精神，令他十分感动。

这次调查还有一个重大发现，即蒋德华在当排长时，曾为寻找被特大洪水冲走失踪的一个兄弟团，而冒着生命危险与猛兽般的洪水英勇搏斗，历经千辛万苦，终于找到了这个团的事迹。蒋德华这个英雄式的壮举，在时隔22年之后，打动了李之熙。当他把蒋德华的主要事迹向军区党委常委汇报时，李德生司令员不禁感慨地说："蒋德华同志早就该立一等功了！我们军区不是没有典型，而是没有发现。"

历史与蒋德华开了个玩笑，然而该属于他的，时间老人又原封不动地奉送了回来。历史与时间对任何人都是公平的，这一等功虽然姗姗来迟，但终于来临了。

1984年2月14日，李德生司令员、刘振华政委签发通令，给118师后勤部原副部长蒋德华荣记一等功。通令指出：

> 蒋德华同志1956年入伍以来，以共产党员的标准严格要求自己，处处起模范带头作用，勤勤恳恳，尽职尽责，先后立功13次，受嘉奖30多次。1981年以

蒋德华《不徇私情》的组照,刊登在中共辽宁省委主办的《共产党员》杂志1984年第8期封二

1984年2月14日,蒋德华参加沈阳军区学习雷锋积极分子代表大会。这是他(二排右三)与军区领导同志和全体代表,在雷锋纪念碑前合影

来,他带领部分连队到长白山修路,3年中经他组织指挥修筑的铁路和公路,都是一等工程。他从不计较个人名利得失。他爱家不恋家,入伍28年没因家庭问题请过一次私假。他具有高度的党性原则,自觉抵制不正之风。

3月1日,蒋德华出席沈阳军区学习雷锋经验交流会,

1997年春，蒋德华全家与岳父母陈应华、薛珍（二排左二左三）一家合影

并以《向高标准看齐创第一等工作成绩》为题发言，汇报了他学习雷锋的先进事迹和经验。1984年6月，蒋德华被沈阳军区党委授予"优秀共产党员"荣誉称号。

6月26日，沈阳军区政治部《前进报》一至二版，刊登了长篇通讯《他时刻想着自己是个党员——记优秀共产党员蒋德华》。

7月9日，《解放军报》第二版，以《向高标准看齐——

优秀共产党员蒋德华的模范事迹》为题，突出报道了蒋德华以优秀共产党员的标准积极实践和不懈的追求。

8月，中共辽宁省委主办的《共产党员》杂志的封二上，刊登了《不循私情》一组照片，突出宣扬了蒋德华入党26年始终以共产党员标准严格要求自己的模范事迹。

10月1日，蒋德华又一次来到天安门广场，这是他第三次来这里。与前两次不同的是，这次他是与各族人民的优秀代表一起登上天安门城楼，参加中华人民共和国35周年国庆观礼盛典。这次活动是继1959年中止国庆庆典活动后，第一次举行群众庆祝游行，也是中国改革开放后的第一次阅兵。受阅官兵着"八五"式新军装，群众游行队伍中自发举出"小平您好"的横标。就是在这次活动中，蒋德华亲眼目睹了时年整80岁的军委主席邓小平，身着藏青色中山装在红旗牌黑色敞篷车上，神采奕奕、兴致勃勃检阅陆海空三军的场景。他还受到了胡耀邦、邓小平等党和国家领导人的亲切接见。接见时合影的巨幅照片，至今还挂在他家的厅堂里。这份荣誉一瞬间定格在历史中，也永久地铭刻在他的记忆里。

这段日子，蒋德华特别想念妻子陈大星，36年来他们一直过着两地分居的生活，妻子任劳任怨地在家里料理一切，为他们一家更为他作出了很多奉献和牺牲。

他常年在部队，绝大部分精力都投入了工作中，家中的事儿很少过问。客观地说，由于他远在部队，也无力问及家中之事，所有的家务担子都落在了妻子的身上。一对儿女从出生、养育到读书，以至长大成人，主要靠她一人，既当妈又当爹，担负起了养儿育女的全部重任。

他每年虽然有一个月的法定假期，但为了工作几年都不休假，即是休假了也是来去匆匆，多半提前归队。对此，妻子也习惯了，家里有什么困难和问题自己解决，一般不告诉他，担心丈夫知道了分心，影响了部队工作。只有在万不得已的情况下，才写信求助。

丈夫不能回来休假时，她就带着孩子去部队探望。那时火车少，速度慢，她去义县军营探亲，得半夜起床拖儿带女步行几里赶火车，车厢里拥挤不堪，常常买不到坐票就只好站着，等有旅客下车留下空位才能坐上。忍受住三天三夜的列车轰鸣颠簸之苦，才能来到军营。返回时又是

1997年春,蒋德华全家与叔岳父母陈应宗、胡琴(一排右三右四)一家的合影

三天三夜的车马劳顿,要睡上一二天才能恢复疲劳。

这种分居两地的夫妻生活,是她自己的选择。选择了军人,就意味着选择了奉献与牺牲,注定了要耐得住寂寞,战胜无穷尽的思念。当年蒋德华的战友将同乡陈大星介绍给他时,他们彼此一见钟情。他被她亭亭玉立朴实无华奋发向上的气质所吸引,她也看中了这个略比她矮一点,长着络腮胡子全身充满活力,融军人的英武与农民的纯朴为

一体的中尉军官。在端庄诚实的陈大星面前，蒋德华提到了军人职业的光荣与风险，他暗示过几次，说结婚后要分居两地，因为干到营级干部时家属才能随军。也向陈大星说明了在这之前，个人的前途具有不确定性。而且即使能成为营级干部，他一年只能休一次假，她才可以到部队探亲一次。他所在的部队在北方，冬天特别寒冷，生活要比南方艰苦得多。蒋德华将一切困难都告诉陈大星后，让她好好考虑再做决定。但陈大星喜欢军人，她觉得军人忠诚可靠，与他们在一起有安全感。所以她当时回答得很坚决："两情若是久长时，又岂在朝朝暮暮。只要我们彼此相爱，分居两地也没有什么。"

就这样，他们结婚了。到了妻子有了随军条件时，蒋德华也想过要把她和孩子们随军，一家人在一起相互有个照应。但陈大星想得更多的是，不能因此而影响丈夫在部队的工作。她对丈夫的事业看得很重，自己在家累点苦点难点，支持丈夫做好部队的事情，是她更大的愿望。因此直到蒋德华退休前，他们这对"劳燕"一直分居在两地。

1987年10月，女儿蒋红参军

1989年3月，儿子蒋斌入伍，这是他任中尉副连长时的留影

陈大星每年尽量争取探一次亲，特别是有了孩子之后，她要把孩子带到丈夫身边，过一过家庭生活，让他们享受父爱，以有利于孩子的健康成长。夫妻两地生活既有劳累辛苦，也有牵挂向望，还有甜蜜幸福。这种甜蜜一般人体会不到，只有那些亲身经历这样生活的人们才能体会到。

陈大星出生在干部家庭，她的父亲是县人民银行行长。陈父对他的这位长女的要求十分严格，从小就教育她要爱国爱家，凡事要尽自己的本分，做有益于国家和人民的人。因而家国理念在她心中一直都有牢固的位置。因而她理解，

蒋德华全家与亲家的合影。前排从右至左为：妻子陈大星、蒋德华、孙子蒋奇燊、亲家公顾真宏、亲家母高萍；后排为：儿子蒋斌、儿媳顾亚玲、外孙女李晨、女儿蒋红、女婿李必祥（摄于2009年10月10日）

战争年代需要男儿上战场英勇杀敌，和平时期也要有人保家卫国。她认为男儿年轻时应该抛开儿女情长，为报效国家出力。女儿也应全力支持她的丈夫在部队服务，不要过多地考虑家庭生活。

正是有陈大星的这种理解、体贴与支持，蒋德华才能够心无旁骛地做好部队工作，在普通的岗位上做出不平凡的成绩。在蒋德华荣立一等功获得优秀共产党员荣誉称号

时，他感谢党、感谢部队对他的栽培，也感激妻子。他说："人们都说我是功臣，可说句心里话，真正的功臣是妻子陈大星。由于她全力的支持，我才有可能全身心地投入到部队工作中。这军功章里，应该有她的一半。"

第六章　老兵本色

1. 未授校衔的功勋

1988年，中央军委颁布了《中国人民解放军军官军衔条例》。按照条例，年届52岁的蒋德华既授不了勋，也挂不上衔。有的同志对他说，像你这样的老标兵、老功勋，为部队做出了特殊贡献，何不去请老首长讲个情？他说："老首长、老战友倒是认识几个，但我想，庄重了一生，岂能到头来还浅薄一次？人的一生总要经历几次转折的关口，一次转折就是一次考验，次次考验都能过硬，才称得上共产党员。"

在学习贯彻军衔条例时，蒋德华从千里之外的长白山返回部队，向师党委表示："只要能为部队作贡献，没有军衔同样光荣。干革命不是为了军衔，没有军衔照样干革命。"他只在师里待了两天，便急急忙忙返回施工第一线，仍像过去一样起早贪黑，组织部队伐木、筑路。那几天，长白山下了一场暴雨，山洪爆发，在抗洪抢险中，他与战士一起推土扛草袋、固堤，三天三夜没休息。在他的指挥下，终于战胜了山洪，保住了国家和群众的生命财产与安

1988年,蒋德华率领部队在长白山施工

全。在"授不了勋、挂不上衔"的考验面前,他再次显示了一个老党员始终服从改革大局的宽阔胸怀和高风亮节。

1989年8月16日,40集团军党委作出决定,军长吴家民、政治委员郑顺舟签发命令,授予蒋德华"先进干部"的荣誉称号,以表彰他不计个人得失,始终把国家、党和

军队的利益放在第一的崇高精神与优良品质。

蒋德华的先进事迹，刊登在 1988 年 9 月 30 日的《解放军报》一版上。他与南京军区第 12 集团军、一级英雄胡修道等不能评衔的老同志一起，被军报称之为"三位英雄功臣的高尚风格"。

德国诗人席勒写过一篇神话故事《大地的瓜分》。大意是这样的：

宙斯对人类说："你们把世界领去吧！"

于是，农夫、贵族、商人和国王纷纷领走了他们所需要的谷物、森林、仓库和权力。

后来，来了一位文人，但是他已经没有任何东西可领了。

宙斯就问这位文人："当人们瓜分大地时，你在何处？"文人说："我在你的身边，我的眼睛凝视着蓝天，我的耳朵倾听着天籁之音。请原谅我的心灵已被天光迷住，竟然忘记了凡尘！"

蒋德华就如这文人，他两眼凝视着党赋予他的工作，被军人的神圣使命迷住了。他总是忘我地工作，无私地奉

献，很少考虑个人的事。

铁打的营盘流水的兵，这句老话说的是军队人员的流动性。军队是武装集团，它的性质和特殊使命决定了它要永远保持年轻化。因此，对军人来说，除德才表现之外，年龄也是重要条件，尤其在和平时代。哪一级干部需要什么样年龄，干部条例都有明确严格的规定。一般来说，同级干部中，战斗部队的干部提升快，这样才能保证队伍年轻化，便于完成军事任务。而地方部队和机关的干部，在实际中相对来说年龄可大点。但是在一级职务的位置上不能干得太久，如果超过了规定年龄时间，跟不上趟的话，就一步落下，步步落后。有些表现突出的干部，常因这个岗位需要，就得服从革命工作的需要，听从组织安排，继续工作在这里，从而牺牲了自己的升迁。而与之同时入伍的干部，则很可能已坐上主官的"交椅"，当上军师干部了。蒋德华就是一个被工作"耽误"了升迁的干部典型，当领导发现他被"丢下"，再来解决其职务时，他超龄了，想办也不成了。

蒋德华一入伍就在工兵营，从排长、连长到营长，他算是同时期入伍提拔最快的干部。可是到了营长，再往上

升就难了。客观地说,他所在的工兵营是"师直属工兵营",是搞技术的,专业性很强,向上发展的空间不大。让他到步兵团、坦克团、炮兵团去任职,这也未尝不可,但人家可能说他不懂行,到那里干不合适而被否决。他又是个"老先进",平日里只想着努力工作,个人的进步升迁从不考虑。从来是组织上指向哪里,他就干到哪里。哪里需要他就主动要求到哪里,并在哪里干好。

40集团军和118师党委对蒋德华这个老功臣的职务也没少操心,将他从营长提升为后勤部副部长,就是他们的努力之一。鉴于蒋德华入伍后一以贯之的突出表现和对部队的特殊贡献,军师两级党委都觉得他的职务偏低。为此,1984年6月,军党委根据师党委的请求,向沈阳军区党委写了一份报告,建议调整蒋德华同志的职务,拟任命他为师副师级农场场长。令人遗憾的是,由于他已经超龄,干部条例的铁则不能违背,报告没有被批准。

这份报告至今还躺在蒋德华的档案里,保存着军师党委对他的那份关心,以及曾经有过的关于他的历史见证。这份档案至少还给领导和干部部门提供了这样的启示:基

层部队有不少像蒋德华这样工作一贯出色、能力强又廉洁的干部，怎样才使他们不吃亏？除了给予荣誉等奖励，还应有职务上相应的及时调整，干部使用中应建立这样的激励保护机制。

原师政委后来成了少将、军政委的郑顺舟，对此也有想法，退休后他在给蒋德华的信中不止一次地披露了自己的心迹，信中写道：

> 你是真正的英雄模范，是我们学习的光辉榜样。你闪光的名字载入了118师乃至40军的史册，广大官兵其中也包括我在内，从你的身上学到了很多有价值的起长效作用的东西，正确树立起世界观、人生观和价值观。你视事业重于泰山，视名利犹如淡水，严于责己、谦虚谨慎、无私奉献的精神，永远牢记在人们的心里。回想起过去的岁月，我们这些头头儿知道给你交任务压担子，喜欢你自我牺牲精神，主动关心为你排忧解难，解决实际问题很欠缺，我们感到愧疚。

对此，蒋德华坦然理解。他十分感谢军师两级党委对他的关怀。在1983、1984年，军师曾两次给他提前晋升两级，从1981年的行政19级晋升为行政16级。师级干部才行政18级，而他这个团级干部已是行政16级，为此，当时的一些师级干部还羡慕他哩！也有人认为他吃大亏了，而他认为，所谓吃亏，无非是说得的少失的多。提到这些，他说："是得还是失，看你怎么看。参军那阵子我懂得啥呀？组织上把我送到军校学习，老同志又在实践中手把手帮我教我，连、营、师、军等领导关心我的成长，把我培养成为团级干部。从师到军区三级组织还先后10多次为我记功，给了我许多荣誉，就凭这我也知足了。"

入伍多年来，蒋德华对人生的看法有了全新的认识。他经常思考困扰人们寻找人生得失问题的答案：从纯粹的个人来说，不要轻言你是在为谁付出和牺牲，其实所有的付出和牺牲最终的受益人都是自己。有得有失是人生常态，只有得没有失是不可能的，它是一场与任何人无关的独自修行，这是一条鲜花盛开又充满荆棘悲喜交集的道路，路的尽头一定有礼物，就看你配不配得到，也看你如何认识它。

2. 重新出山

1992年。2月。南京。

蒋德华与家人在一起欢度春节，他与妻儿开开心心地吃了年夜饭，又一起放了烟花炮仗。这是他参军后难得的一次在自己家里完整地度完春节，也是他即将告别军营进入退休生活的开始。

1991年底，师领导找蒋德华谈话，告知他已到了退休年龄，并宣布了军区政治部对他的退休命令。领导要他先到南京与家人团聚，好好休息。过了春节，可到大连的部队疗养院疗养。以后也可带家属再到几个旅游城市走走，费用由部队负责。

春节刚过，蒋德华突然接到师长赵国海、政委彭小枫拍来的急电，要他"安排好家里事，速归队执行新的任务"。军令如山！虽然不久前宣布了他的退休命令，但他以一个职业军人的敏感，深感军中定有急事，这是指挥员向老兵发出的紧急号令，一刻也不容耽误。他将家里的事安排妥当，第二天一早就乘快车赶回义县部队。

师里果然出了大事。一个从其他部队调入师里时间不长的余姓科长，先在黑龙江佳木斯一带为部队搞木材经营，私下积攒了一笔可观的公款。后来，他又到山东五莲县王世疃乡，代表部队与这里的乡政府联合开石矿。随着手里资金的增多，他个人的私欲开始膨胀，把国法军规抛之脑后，忘记了自己的共产党员和军队干部身份，抛开了正在进行的开矿工作，偷偷地带着情人卷走巨额公款叛逃非洲某国去了。这个人叛逃后，还留下70万元的银行贷款债务。以前跟他一起干的地方几个同伙，强行霸占着开矿机械和器材，银行的10万元流动资金也掌握在他们手里。彭小枫政委希望蒋德华能接手这项艰巨任务，他恳切地对蒋德华说："这是一件很棘手的事，既要做好善后工作，挽回已造成的不良影响，又要把开矿权夺回来，继续开好矿。政策性很强，任务很重。党委反复研究，一致认为只有请你老部长出山，才能处理好这事。"

听了师领导的一席话，蒋德华觉得领导要他挑的担子很重，但不论多重也要挑。他回答说："组织上这样相信我，我没有什么可说的。虽然我退休了，但我还是师里一个兵。

我只说一句话，就是努力做好工作，用行动回答组织的信任和希望。"

兵贵神速，事不宜迟。蒋德华迅速从工兵营挑选了崔忠、宋宝忠、于忠洋等8名干部战士，组成工作班子，作了思想动员和明确分工。然后，他们一行人摩托化行军赶到王世疃乡，顾不上吃饭，先拜会了乡党委书记梁启玉，递交了部队介绍信。蒋德华开门见山地说，部队委派我总负责来这里继续开矿，原先与乡政府签定的联合开矿合同有效，但原来的领导与工作人员由我们处理。乡党委书记仔细地看了介绍信，高兴地说，部队派你这位优秀共产党员来负责开矿，我们放心，有什么事尽管说，保证全力支持。

次日早上8时，蒋德华带着工作人员，步行8华里山路，实地考察了矿山地形及有关情况，掌握了第一手材料，取得了工作的发言权。

下午，蒋德华又召集原参加开矿的地方领导等10多个工作人员，在乡招待所开会。会上，蒋德华宣布了部队新领导和同志们来接管矿山开发的资金、机械设备等事项，并表态说其他的事宜双方协商解决。他要求有关人员交接

好资金账目、机械设备，全面做好移交接收工作。对于原工作人员的去留，蒋德华也给出政策：原则上愿意跟部队干的欢迎上山干，照样开工资；不愿上山干的，开两个月工资各奔前程。他还宣布，部队工作人员第二天上山住，自己烧饭成立食堂，不愿上山的自行解决吃饭，部队不管，只发两月工资走人。

蒋德华这么一说，原来的工作人员你望望我，我望望你，都傻眼了。那些本来想坐收渔利、谋求更大的好处的人，想不到遇到蒋德华这样一位强势领导。很快，这些小混混就作鸟兽散。

整顿工作圆满结束后，蒋德华又带领大家选了六个开矿点，修通了两条道路，购置了六部大型吊装设备。同时，他还精心选配了作业区的矿长，培训了开矿的技术骨干、矿工和放炮工等人员，制订了作业区的安全规则。

经过紧锣密鼓的筹备，开矿的条件已经成熟。万事俱备，只欠东风。

5月8日上午9时，蒋德华精心设计了一场隆重的开矿典礼。随着这位主持人"放炮开始"及紧跟而来的"轰隆

隆"一声炮响，近百立方米的五莲红石材荒料神奇地展示在贵宾们的眼前。这色彩斑斓的五莲红，这令五莲人为之骄傲的五莲红，像一块有灵性的魔石，吸引住了五莲县县长李桂林，也吸引住了由他带领的100多位县局、乡镇领导。他们惊奇地发现，部队真厉害，一炮就出近百立方米石材。有个开矿10多年的老矿长说，从未见到过这场面，太精彩了，回去后也要向解放军学习。

出席开矿仪式的师副师长张朕生，看到这一切也心花怒放。这些矿工，都是从当地招聘而来的老百姓，现在穿上了部队统一的工作服，列队上下班，工作起来井井有条，非常正规，同部队差不了多少，这都是老蒋管理得好。他拉着蒋德华的手说："你干得比我想象的还要好，我代表师党委谢谢你，也谢谢同志们！"

3. "国共"两工兵

开矿典礼的成功举办，不仅挽回了部队以前的负面影

响，而且扭转了石料销路的颓局，增加了人们对部队开采五莲红石料的信任度。

1992年3月，台湾老板陈丕勋慕名来到五莲。他是花莲新民石材有限公司总经理，此行专程对这个县的石矿进行考察。在转了几个石矿之后，他发现部队的矿料质地优良，开采方法科学，是数家石矿中最好的。于是他当场拍板，对蒋德华说："你们的石料，只要合格，我全要了！"

当晚，蒋德华在日照市宾馆招待陈老板。席间，他们相互敬酒，边喝边聊，越聊越投机。原来，陈老板曾是国民党军队的一位工兵连长，与机械、石头打过交道，现在做石材生意。蒋德华听了他的自我介绍，喜不自胜，就对他说："我是解放军工兵营长，你是国民党军队工兵连长，我们原来是同行，真有缘分。"

听蒋德华这么一说，陈老板也来了兴趣："是啊，我从花莲来，又在五莲遇到你，是莲字把我们连在一起，有缘有缘！"

"我们能不能联合开矿，来一次'国共合作'？"聊着聊着，蒋德华突然冒出了这样的念头。因为部队资金短缺，

开采的后劲不足。如果能与他合作，岂不是解决了后顾之忧？于是，他试着向陈老板提出这个问题："我有矿山工作人员、机械设备，你有资金。如果双方合作开矿，就能把规模做大，多出石材，经济效益就能蹭蹭地上去。"

"这是个好主意！"陈老板十分赞同蒋德华的建议，但仍有疑虑地问："你能做主吗？"蒋德华回答："我是部队的全权代表，说话算数。"

他又问："什么条件？"蒋德华说："矿山的租赁使用权30年。我们已投入100多万元，你们再投100万元，我们双方按50%入股，年终各按50%分成，怎么样？"陈老板认为可行："可以。不过我要回公司几天，与董事会成员商量后再回话。"

蒋德华说："行，我等你消息。你投的100万元人民币，其中60万元给部队还银行贷款，剩下的40万元主要是购置大型机械设备。"

他们还对谁任董事长、总经理进行了协商。考虑到实际工作人员和机械设备都是部队管理，陈老板平时又不在矿上，最终商定由陈老板任董事长，蒋德华任副董事长兼

总经理。就这样,他们初步达成联合开矿的协议。

第二天,蒋德华回师部,向师领导汇报与台湾商人联合开矿的方案,师领导同意了这个方案。

1994年10月,蒋德华所在部队的五莲石材有限公司与台湾花莲新民石材有限公司联合成立了五莲新民石材有限公司。这样,蒋德华不仅为部队开矿聚积了资金,也为五莲的经济发展开拓了新路,因为这次合作,开创了五莲乡镇企业与台湾企业合资的先河。

开矿是个苦差事,既要懂业务会管理,还要能吃苦。为了完成指标,多出优料,取得最大的经济效益,蒋德华每天都坚持在第一线组织指挥,督促检查。他曾在过去的施工中受过伤,是甲等乙级残废,身体本来就不好,加之工作操心劳累,山沟里的条件又十分艰苦,所以经常生病。但他总是带病坚持工作,有一次连续半个多月,发高烧到40度,他也不住院治疗。

1995年8月,中央军委发出通知,重申军队"吃皇粮",要求军以下单位不搞生产经营,不经商。师党委接到通知后,立即指示蒋德华,坚决执行军委命令,将承包的

矿山移交地方政府。经过部队与地方政府的协商，部队撤走后，由台商接手矿山开采，以保障台商的合法权益。按股份，台商给部队100万元人民币。

陈老板与蒋德华相识合作4年，觉得他为人热情、厚道、豁达，善管理，会经营，是值得信赖的合作伙伴。部队撤离后便邀请他留下来，以个人名义参加股份，一同经营石材企业。蒋德华谢绝了陈老板的美意："我退休了，但我代表部队在这里工作过，如今部队执行军委指示撤走了，我也得离开，不要因为我而对部队造成不良影响。"

邀请不成，陈老板又想送蒋德华一辆小轿车，以感谢他多年来对自己生意上的支持。而蒋德华却说："小轿车更不能要了。你看，你知道我，我了解你，彼此合作愉快，结下了友谊，这就够了。"

率领部队8名官兵，经过5年的艰苦奋斗，蒋德华为部队创收约200万元，为部队建设作出了贡献。作为一个已经退休的老战士，他为部队站好了最后一班岗。

第七章　传承薪火

1. "恒大"新生

蒋德华的家非常简朴，老俩口至今还住在 70 多平方米的房子里，这是 1984 年单位分给妻子的，后来成了房改房。他们的居室在一楼底层，为防潮湿，地面曾用大理石铺过，但没有什么装饰。除饭桌、写字台和床，几乎看不到别的家具。他们本可以有条件住上宽敞明亮的新居，然而他们觉得房子够住，家具能用，住得也习惯，就用不着再去折腾买新房，把省下来的钱用于帮助家乡和更困难的人更好。

蒋德华退休回到南京后，有了更多的时间回盐城北蒋。他发现，在改革开放政策的影响下，老家也发生了变化，一些乡邻开始赴南方打工，或外出做生意，一些人则忙着在本地开店铺、办作坊，也有一些人仍在田间地头忙着他那二亩地。

北蒋乡缺少乡镇工业，想办没资金，蒋德华就向乡政府建议，创办石材加工厂，这种企业成本低效益快，如果办好了，就可以为乡里创造财富。可是乡里拿不出钱办厂，于是蒋德华又自掏腰包，购买设备材料，一手帮助乡里办

起了石材加工厂。听说村里缺钱办公益，他又资助了近万元。

蒋德华小时候就读过的北蒋小学，校区道路不平校舍破旧不堪，需要整修，却由于资金缺乏迟迟未能动工。蒋德华知道情况后，立即捐了数千元，支持母校的校舍修缮。

实际上蒋德华家里也缺钱。虽然他的大哥、五弟从工厂退休，每月有基本工资，但几个侄儿，有的种地有的做工，多数收入偏低。在老家几日，二哥的家庭困难，尤其是侄儿蒋福军的婚事遭遇，让他心里纠结，一连几天睡不好觉。

侄儿蒋福军到了男大当婚的年龄，家里四处托人张罗着为他提亲。经媒人介绍，终于有女方的父母愿意上门相女婿。蒋福军一米七八的个头，脸庞英俊神气，身躯结实挺拔，让女方父母心中甚喜。但看到3间茅草房（此房以前供看水车、农忙时专用，平时住人不多，年代久远，虽几次维修，但都是泥墙草顶），家里没有像样的东西，存放稻谷还是用泥土做成的土瓮子时，他们心里凉了半截，脸上的笑容顿时消失。姑娘的父亲面无表情地丢下一句话：

"等你家把房子盖好了,再谈亲事吧!"

二哥急了,连忙向他们解释,承诺房子可以翻盖。时任大队书记的远房侄儿蒋福骏也在一旁帮腔,说人是最重要的,我这兄弟勤劳,头脑活络,品行又好,将来可以挣大钱,盖楼房。可任凭大伙怎么说,人家坚持先盖好房子,后谈亲事。无奈,这门亲事就这样吹了。

庄稼人讲个实在,女儿出嫁有所好房子心里踏实,这也是情理中的事,谁家父母舍得将女儿嫁给只有破旧房子的穷人家呢?当时也在现场的蒋德华,看到这些心里很不是滋味,他不怪人家,而是觉得我们自己太穷。只要改变了贫困,好的姑娘不愁找不到。

二哥的家庭困难,始终是蒋德华的一块心病。二哥年轻时左腿生疖子,那时庄上没医院,到盐城去路又远交通不便,就让本庄土郎中做了手术,结果土郎中医术不精,致使他左腿终身残疾,从此走路一瘸一拐,行动十分不便。即便是这样,二哥仍同命运抗争,与常人一样努力劳动,与嫂子勤勤恳恳勉强维持着家庭的温饱。

如何让他家脱贫,蒋德华想得很多很深。他想拿出几

万元退休金先帮助二哥盖几间新房，把侄儿媳妇早点娶回家，了却二哥的心愿。但以后怎么办呢？要让他家真正过上好日子，光"输血"不行，还得帮助他家"造血"，这就像医生治病那样，要治本。只有先把他家肌体的"造血系统"医治好，他们才能依靠自身力量变贫困为富有。

蒋德华把大哥、二哥、五弟、六弟找到一起，专门商讨这件事。他说，多年来大家对二哥家也没少帮助，二哥也尽力了，但他家还是老样子，平时生活勉强能过下去，要想做点大事，比如盖新房、娶媳妇，经济上就捉襟见肘了。如果能让福军侄儿学个手艺，或办点实业，靠自己劳动致富，就可逐步改变这个家庭"一穷二白"的窘迫状况。

"这个主意不错！"兄弟都异口同声地赞同，但又提出："干点什么呢？"

"这个我想好了，你们看行不行？"蒋德华接着说，"父亲当年与人合办的恒大油米厂，我一直引以为豪，他不但帮助乡亲们从繁重的手工劳动中解放出来，还走出了一条发家致富之路。后来，因为历史原因这个厂停办了，父亲原先的发展宏图没能实现。现如今政府允许，我们何不帮

福军办个小企业，比如石材加工。这样，不但可解决他家的经济困难问题，而且还能发扬光大'恒大'米厂精神，将父亲未竟的事业继续下去。"

"一盘好棋，一举两得！"兄弟们对蒋德华的提议都大加赞赏。经商议决定，厂名叫恒大石材加工厂，工厂由蒋德华和他六弟出资 5 万元作为启动资金。其他哥儿几个都参与管理，一起帮助侄儿把石材厂办起来。

与兄弟们达成共识之后，蒋德华与蒋福军进行了一次促膝长谈，他从父亲"恒大"油米厂的艰苦创业，谈到后辈应继承先辈遗志的责任，从改革开放的新时代，谈到自己应有的追求，最后语重心长地说："要改变自己的命运主要靠自己，别人的帮助只是暂时的，自主自立的意识和自强不息的精神，是每个创业者必须具有的素质。现在给你创造这个条件，你就大胆地干吧，我们老兄弟全力支持你。"

这次长谈，让蒋福军大受鼓舞和启发，他激动地说："叔叔伯伯们为我今后的人生道路指出了方向，还给我搭建了创业的平台，请你们相信我，绝不会辜负老一辈的殷切希望。"

石材厂草创之初，蒋德华坐镇盐城，从怎样采购石材原料、怎样加工石材以及怎样扩大客户等各个方面对蒋福军一一进行指导，还亲自带他到生意红火的石材厂取经，到矿上选石材，进客户家征求意见。回南京家里后，他也不时打电话询问厂里情况。蒋福军是个聪明人，石材及生意上的事一点就通。他很有志气，虽然在办厂中遇到不少矛盾和困难，但都一一克服了。他没有忘记第一次相亲时的"屈辱"，工作中非常上心。石材加工注重质量，加上他勤奋好学，又有人缘，石材加工生意很快上了路，第一年就挣回5万元成本，他悉数将借款还了叔叔。

　　从此，几个叔叔放了手，蒋福军开始独立地经营石材加工厂。经过他的努力，厂子的收益一年比一年好，家里的生活得到了逐步改善。几年之后，蒋福军不但在北蒋老家盖起了3间独院瓦房，让父母住上了新居，还迎娶了志同道合秀丽端庄的妻子，组成了幸福家庭，而且很快有了一对活泼可爱的儿女。随着经济实力的增强，蒋福军又在盐城市区购置了一套别墅，还开起了皇冠轿车。与此同时，厂里也增添了大型切割设备，以图更大发展。现在，蒋福

军经营的恒大石材加工厂,已经是盐城地区同行业中的排头企业,而他个人也成了这个行业的领军人物。

看到蒋福军和二哥一家过上了好日子,蒋德华比他们还要开心。他所期盼的让侄儿"筑巢引凤、成家立业",让二哥家"走出贫困、过上好日子"的誓言终于实现了,多年来重振父辈"恒大"雄风的宿愿也梦想成真,他感到十分欣慰。

这真是:扶持有道成就一家富足,玩石成金恒大后继

蒋德华很关心恒大石材厂的经营发展情况,图为他在搬迁不久的新厂与侄儿蒋福军的合影

有人。可喜可贺！

"吃水不忘挖井人，饮水思源不忘本。"蒋福军明白他们家"吃"上了甜甜的"井水"，过上了幸福美满的日子，除了国家的政策好，还多亏了叔叔伯伯们的鼎力相助。而"挖井"的第一人当属四叔蒋德华，在他们家最困难的时候，正是四叔的首次提议和后来锲而不舍地帮助，才使这"井"扩大拓深，让他们一家人走上致富之路。"他是我家的贵人。我要感谢亲情，有了这温暖的亲情才有我家的今天。"

正是这珍贵无比的亲情，蒋德华还给经济困难的哥哥、弟弟、侄儿、侄孙们，以力所能及的支持和帮助。

2. 感恩纪念

百事孝为先，蒋德华小时候上私塾时，就懂得为人要尽孝道。到了部队上受到革命道理的熏陶后，他又知道了忠孝不能双全，国家事大，家里及个人事小。即使像痛失慈母这样的亲情大事，因为部队工作需要，他也不得不忍

痛割舍，只是拍了份电报回家，让哥哥代为办理。他永远也忘不了，母亲养育他们艰辛，母亲给了他很多很多，而他报答母亲的却很少很少。

退休后每年清明节前，蒋德华都会回老家与几个兄弟一起给父母上坟祭扫。过去在部队工作忙，顾不上这些，现在告老还乡，才有时间到父母坟前说说话，尽点孝道，弥补往日的缺憾。

2004年，是蒋德华的父母百年诞辰。两年前，蒋德华就与几个兄弟商议要举办一次感恩纪念会。父母相继离世已40多年了，兄弟们也都陆续退休步入老年。在二老百年诞辰之际，办个感恩纪念会，一是尽点孝心，二是为了感恩，三是给后辈示范，传承家族尊老爱小的美德，弘扬中华民族的优良传统。他的倡议立即得到其他兄弟的响应。

3月15日，兄弟5人邀来舅表姑亲姨戚，携儿孙后辈，在祖居前集会，怀着至诚之心，以隆重的仪式，纪念已故双亲百年诞辰。

感恩纪念会由蒋德华主持，其弟蒋德群作《父母亲大人百年诞辰祭》，其兄蒋德一以淮剧的形式，清唱了《十哭

老娘亲》《再哭老父亲》。

在如何写作父母百年诞辰祭文时，蒋德华曾与弟弟几番讨论，他主张纪念父母既要讲他们立业，更要讲他们立德。因为在社会转型期中，人们的生活水平普遍提高，道德水准却下降了。所以，后辈人的业一定要创，德更不能不讲，不能业创好了再去讲德，那就晚了。他记得孟子说过一句话："天下之本在国，国之本在家。"家庭是社会和国家的细胞，家风则是国风的天然基石和集中体现。只有将家风立好，才有好的国风。趁他们这些人还在，就是要把父母亲的传统美德、优良家风以及创业精神讲出来，明白无误地传给下一辈，让子孙后代受益，使优良国风再显。

蒋德华列举了父母亲的美德故事。他说，谁有危难，不管是本地还是外乡的，是内亲还是外戚，是不相识的路人还是帮活的工友，只要开口或寻上门来，父亲和母亲一律慷慨解囊，赠予钱粮食物。就连叫花子要饭到了家门口，母亲也是先让他们吃饱饭，临走时还送点食粮让他们上路。一个素不相识的生活在庄前船上的外乡瘫女人，生下男孩没吃的要寻短见，父亲偶然路过发现后，连忙回家拿了红

糖、鸡蛋、大米等送到船上，这才使这母子俩有了生的勇气和希望。

在谈到母亲与媳妇的关系时，蒋德华又说，母亲上孝敬公婆，下爱护子女，和睦乡里，善待工友，是人人敬重口碑极好的当家奶奶。待媳妇如同己出，情同手足，爱似姐妹。虽然有辈分之别，但从不居高临下，从未与媳妇们红过脸，大声说过话，总是以平等的姿态，商量着办事。诚所谓"桃李不言，下自成蹊"，无大无小，媳妇视为其母；不忮不求，街坊仰为典范。

蒋德华的深情回顾，让其弟蒋德群对父母亲的为人有了更深的了解，他把这些素材都吸收到祭文中。当他在纪念会上宣读这篇几经修改加工的祭文时，全场鸦雀无声。大家都被文中主人公的传统美德以及他们持之以恒的创业精神打动感染了。

《十哭老娘亲》《再哭老父亲》，是蒋德华特意请长兄准备的，这两首淮剧清唱，字字情，声声泪，将父亲艰苦创业、办事公道、仗义疏财等高尚品德形象地展示出来，又将母亲的贤慧、能干、本份和乐善好施等传统美德艺术地

2001年10月,蒋德华、陈大星与兄嫂弟妹、表弟妹在南京新金贸花园

再现,一时间唱声哭声交融,唱者听者共鸣,老辈们为之动容,后辈们为之震动。

长孙蒋福国代表孙辈发言,表示永远继承祖辈遗志,发扬蒋氏传统美德和优良家风,让薪火代代相传。

这个纪念会实际上就是感恩会,蒋德华等老兄弟们亲自示范,就是要大家学会感恩。父母给了我们血肉之躯,这是最大的赐予,他们从没想过要什么回报,做儿女的怎么也报答不尽。但儿女们不论在何时何地,始终要有一颗

感恩的心，在他们需要帮助的时候，在他们年老自顾不了的时候，伸出自己那双感恩的手，扶父母一把，让他们渡过人生中的难关。你帮助了父母实际是帮助了自己，当你年老有了困难又无力解决时，儿子也会帮助你，因为他从你这里学会了感恩。

这是一次伦理的重温，也是一次家风的传承。感恩纪念会开得成功，蒋德华欣喜地笑了。

"不要忘了自己姓什么？千万要把根留住！"这是晚年蒋德华对"人"的一点思考与感悟。

蒋氏家族原在北蒋庄中心有座宗祠。小时候每逢清明，父亲就带着蒋德华几个兄弟与族人在这里祭祖，点香烛，烧纸钱，供猪头三牲，行跪拜大礼，遥祝祖先的在天之灵。后来宗祠因故不幸被拆除。国家改革开放后，族人决定易地重修宗祠，蒋德华听说后十分高兴。在他看来，家族的历史记忆不能忘却，断掉了的"记忆链条"应尽快接上，后辈子孙看到或触摸到代表家族历史血脉的文化符号，就找到了根，寻到了源，不再孤独流离。知道了自己从哪里来，要到哪里去；祖上曾经有过什么，未来又该做些什么。

这个家族才可能承上启下，继往开来，创造辉煌。

重修宗祠最大难题是资金不足，靠族人集资一时难以凑齐，于是蒋德华带头捐出2万元，除此之外，他还亲自参与了整修宗祠的调查研究和决策，几次从南京奔赴北蒋，了解工程进展情况。

宗祠前原有一池塘，塘中有一土墩，就像一只"龙珠"嵌在水中央。临塘而居的族人常年在上面种些四时蔬菜。如今在这块"风水宝地"上，已耸立起一座古色古香的"善士亭"。大明隆庆年间，先祖蒋国宝收养兴化县赤贫之子李春芳为义子，供他及双亲日常生活所需，并聘师对其训读，后李中状元及第，官居相位。穆宗皇帝闻此"义举"后十分感动，钦赐国宝公"一方善士"的匾额，大加赞之。于是族人决定在"龙珠"上建起一座"善士亭"，并刻写碑文，永久纪念，以弘扬先祖济贫培贤的美德。

蒋德华自告奋勇地承担起"善士亭"的选样和设计工作，他先是找来几本有关亭子的画册，认真研究它的样式；后又在南京踏看了一些老碑亭，仔细推敲其结构；还专程到宜兴实地探访，观摩工匠制作石亭的现场与实物。经过几番比较，

蒋德华依照江南亭子的特色，进行了设计，然后让工匠加工制作。他以全家的名义，又拿出1万元，资助修建"善士亭"。

宗祠附近用石头垒成的假山，以及通向假山的大理石路，就是在他的直接指挥、侄儿福军自动献石和具体操作下完成的。宗祠大门的两侧，底座刻有"世世代代敬畏祖先"题词的一对威严护卫的大石狮，也是在他倡议下五兄弟联名捐献制造的。蒋德华曾多次语重心长地嘱咐晚辈："一个人有三不能忘，一不能忘国，二不能忘祖，三不能忘家。一句话，人在啥时候都不能忘了根。"

3. 传薪之旅

2010年7月4日上午，蒋德华和家人一起，在老战友的陪同下，参观了辽沈战役纪念馆。在纪念馆，蒋德华通过多媒体观看了解放锦州的再现场面，感慨万千。他曾经工作生活过的40军118师的前辈们，正是在这次著名战役中，英勇顽强前赴后继全歼守敌，缴获敌人飞机、大炮、

2010年7月4日,蒋德华受到部队列队欢迎

蒋德华向工兵营干部战士讲光荣传统和优良作风

蒋德华向教导员传授带兵之道

坦克和机枪等各种武器装备，为锦州的解放立下赫赫战功。

蒋德华的小孙子蒋奇燊看后惊叹不已，不时地站到展栏前，让妈妈将他与画面上的战斗场面、英雄人物以及敌人缴械投降等合影。他说："解放军真勇敢，故事太生动了，多拍些照片带回去，让幼儿园的小朋友们一起分享。"

蒋德华虽曾多次参观过辽沈战役展览，但这次的感觉与以往大有不同，看到孙子被展览的内容所吸引，而且还要回南京传播这些历史故事，让他深感欣慰。在他看来，儿童是国家的未来，革命传统教育应从少年儿童抓起。

5日上午，蒋德华与全家来到118师工兵营野营训练驻地。工兵营营长整队向他敬军礼报告："部队集合完毕，请首长指示！"蒋德华仍像当年当营长那样，声音宏亮地回军礼说："坐下。"

工兵营原教导员杜自才首先介绍了蒋德华与其他老战友的情况。之后，蒋德华在全营官兵的热烈掌声中即席发言。他说："我们工兵营是有着悠久历史和光荣传统的部队，参加过辽沈、解放海南岛和抗美援朝等著名战役，为祖国的解放、履行国际主义义务作出了杰出贡献。和平时

期，在部队现代化建设、国防施工和抢险救灾中，又创造了新的业绩。在1987年5月6日扑灭大兴安岭森林大火中，舟桥连官兵英勇顽强，不怕牺牲，被中央军委授予'扑火先锋连'称号。这是我们工兵营的光荣，也是每个同志的光荣。"

接着，蒋德华向全营官兵提出三点希望：一是要紧密地团结在以胡锦涛为总书记的党中央周围，坚决拥护党的方针政策，圆满完成党交给的各项任务。二是要在现代化军事科学技术训练中，顽强拼搏，勇破难关，熟练掌握机械装备技术，练好军事斗争的过硬本领。三是要发扬工兵营的光荣传统和优良作风，不断开拓进取，再接再厉争取更大光荣。

之后，工兵营教导员代表全营官兵，向从千里之外专程来部队看望大家的蒋德华，表示衷心感谢。他重点介绍了老营长扎根军营40多年，以部队为家，一心扑在部队建设上功绩卓著的模范事迹，要求大家学习老营长忠诚于国家、服务于人民的赤子之心，学习他为了部队建设不计个人得失的奉献精神以及他坚持原则廉洁奉公，在荣誉和成

工兵营教导员向老营长汇报营里情况

蒋德华等老同志和营长、教导员参观检查野外训练场

绩面前谦虚进取的品德，还要求大家牢记党和人民赋予我们的历史使命，不辜负老营长的殷切希望。

蒋德华还带着家人去到营部办公室、战士宿舍和伙房进行了参观。像当年那样，在宿舍他看了战士们的蚊帐和被子，到伙房又看了战士们的伙食。看到部队在野外训练，战士睡得舒适，吃得香甜，他才放心了。

7月7日，蒋德华一行来到北京，这是他传薪之旅的最后一站，也是最重要一站。这是他第五次来到天安门广场，孙子从来没有来过北京，也没有看过天安门前的升旗仪式。为了给他和家人上好这一课，第二日的凌晨3时，蒋德华就带着他们，从住地丰台区打的来到天安门广场，参加升国旗仪式。因他们来得早，排在最前面，看升旗也就最清楚。

4时25分，国旗护卫队的武警战士从天安门城楼列队雄赳赳地走出来，持枪护卫着五星红旗穿过金水桥，向着天安门广场上万的中华儿女走来。在蒋德华眼中，这是一群甘于奉献的青年，他们每天做着整齐划一的礼仪动作，升同时，落同声，展示着礼仪之邦的尊严与高贵。随着雄壮的国歌声响起，升旗的战士用力一挥手，五星红旗冉冉

2012年11月,蒋德华偕妻同游祖国宝岛台湾

永远的兄弟!从左至右:老大蒋德一、老二蒋德坤、老四蒋德华、老五蒋德育、老六蒋德群,在北蒋祖居前合影(摄于2007年3月)

2010年7月6日凌晨,蒋德华携爱孙在天安门广场看升国旗仪式,对他进行爱祖国爱国旗的启蒙教育

2006年4月21日,蒋德华与妻子陈大星游览桂林漓江。图为他们在象鼻子山前合影

地升起。蒋德华与他们一起，向随风飘扬的国旗频频敬礼。

4时58分，升旗仪式结束，蒋德华立即让媳妇帮忙，给他和孙子与刚升起的国旗合影留念。

这次的老部队与北京之行，不但让全家人看到了改革开放后国家发生的深刻变化，也给小字辈们上了一堂生动的爱国主义教育课。孙子回到南京后，第二天早上就打电话给蒋德华，先调皮地说："老首长，你好，小兵向你敬礼！"接着又说："爷爷，你真伟大，长大了我要当解放军，像你那样为保卫祖国立功。"

听到孙子这样说，蒋德华陶醉了，这趟传薪之旅结了"果"，他很满足。

后　记

　　写完家兄的传记，我久久不能平静。他坚定的理想追求令我感动不已，他高尚的道德情操让我敬重无比，他虽平凡但富有启示的人生轨迹使我回味无穷，觉得言犹未尽，还有些话想说，于是就有了这篇后记。

　　立德、立言、立功，这是老祖宗向我们提出的人生奋斗目标。纵看历史，能做到其中一条的人不少，而能做到三条的人却不多。家兄蒋德华在这"三立"中做到了"两立"，即立德与立功，这是十分了不起的，应载入族史传承后代。所以，为他作传就成了顺理成章的事。

　　我佩服家兄蒋德华的吃苦精神。他从小就能吃苦，也能做事。在长期的军旅生涯里，他又与苦为伴。作为军人，他在多次执行紧急危重任务，接受生死考验之外，还做了大量平常事。他搞过施工，打过坑道，架过桥梁，开过石矿，伐过木材，干过农场，件件都做得有声有色，几乎达到完美和极致。他常说："做人要做事，既要乐于做平常事，

也要敢于做大事，尤其要做好每件事。"要做事就要吃得苦，所以他特别能吃苦，吃别人不能吃的苦。他做事很专注、很敬业，甘愿为国家、军队与他人而默默奉献。对国家来说，社会中有多少敬业的人，往往决定了那会是一个什么样的社会。而对于个人来说，爱岗敬业脚踏实地做好平常事，就必定会收获不平常的人生。蒋德华的成功是苦出来的，也是干出来的。

让我敬重的还有他的厚道。厚道是我们家祖传的优秀品质，从祖父母到父母亲，都以豁达大度、助人为荣的厚道享誉乡里。这种美德和家风在我们兄弟身上也有所继承，而在德华兄身上体现得更为显著。对于生活困难需要帮助的家人，他基本上做到有求必应，力所能及地慷慨解囊，无偿地给予资助。不但给钱给物，还帮助成家立业。家里的多数人都不同程度地受过他的帮助。他为我们这个家庭付出了心血，做出了特殊贡献。他为人本分、处世低调，待人诚恳、表里如一，言而有信、信而有果。吃老实饭、说老实话，干老实事、做老实人。作为党员干部，他严以律己、宽以待人，艰苦朴素、身先士卒，乐于助人、廉洁

奉公，只求奉献、不思回报，模范履行自己的使命、责任和义务，不失道德底线，奋力向道德高地攀登。厚道是做人的立身之本。有道是：天道酬勤，厚德载物。幸运总是光顾那些埋头苦干的厚道之士，使他们的付出得到应有的回报，事业取得成功。作为军区优秀共产党员光荣称号获得者，他先后立下一等功、二等功、三等功共计13次。这就应了美国人马顿说的那句话："唯有品德，可以开成功之门，收成功之果。"

他对理想的执著也让我十分感动。德华兄是个对事业有追求的人。他忠诚国家，服务人民，忠于职守，随时准备为此献出一切。每次执行任务，无论多么艰难险重，他说的都是同一句话："请领导放心，保证完成任务！"他以理想为动力，以服从命令为天职，党叫干啥就干啥，千方百计干好啥，不辱使命不负众望，每次都把任务完成得很出色。在雪国冰乡的东北，他一待就是数十载，风里来雪里往，与基层干部战士摸爬滚打在一起。肩负卫国戍边的重任，他顾不得与妻儿相守，缕缕青丝成白发，年轻入伍老暮归，把人生大半的青春年华、美好时光，奉献给了军

营，奉献给了钟爱的事业。他无怨无悔，虽苦犹甜。他的业绩突出，贡献也大，别人授衔、晋级、提升"跑步前进"了，而他在团级干部的位置上仍"原地踏步"，既没评衔授勋也没提升。有人说他亏大了，而他认为评不评衔授不授勋并不重要，重要的是看对部队有无贡献和贡献大小。他立志要在有生之年，为部队多做工作多作贡献。理想就像雄鹰的翅膀，有了它雄鹰就会飞得高飞得远。德华兄凭借着远大理想这对坚硬的"翅膀"，就像雄鹰展翅在前进的道路上，不断"腾飞翱翔"，写出了属于自己的人生壮丽篇章。这几年人们很少讲无私奉献了，一些军人也崇尚于以我为中心的各种享受。作为军人，我以为，提倡奉献精神有两个层面必须牢牢把握：一个是在本职工作中要敬业、奉献；一个是随时为国家、人民和社会牺牲个人生命。军人是以牺牲生命为本职的特殊职业，在所有的牺牲中，以生命的牺牲为最高牺牲，而国家正是因为有了军人这个以牺牲为职业的群体，才有了能够正常运行的基本条件。他们所体现出的为国为民的牺牲情怀，应该被理解被颂扬。

给家兄写传，需要排除情感因素干扰，不因亲情所困，

后　记

不为喜好所使，既要尊重历史、忠于事实，又要兼听则明、把握好尺度。摆脱了这种局限和束缚，写出来的传记作品，方可客观、公正、真实、可信，经得起历史的检验。要做到这些很难，但"举贤不避亲"的古训，又让我鼓起勇气拿起笔，尝试着写出这本传记。

作为兄弟，我对他的情况还算了解。他的童年、少年生活我早有耳闻，他在家的一段年轻时光我也有目睹。退休后我们有了更多接触，加深了我对他的了解。当年载有他先进事迹的军队、地方报刊上大量的新闻报道，使我对他的认识有了新的突破。根据掌握的素材，我又对熟悉他情况的人进行了采访，还用几个月时间断断续续地对他进行深度了解。做足了这些"功课"之后，我才动笔。写作中我坚持从实写的原则，不拔高也不溢美，充分展示他的"原生态"。传记究竟写得怎样？我不敢妄说，这应让读者评判，也请熟悉他的人指正。在此，我要特别感谢德一、德坤、德育诸兄及福军贤侄，在家庭历史和对传记初稿所提出的有益意见。感谢陈锡和同志在繁忙工作中欣然接受采访，并详细介绍了他在家兄的影响下的成长过程，高度评价

了家兄的为人，以及家兄给老部队几代官兵的榜样力量。

感谢华艺出版社郑实主任和郑再帅老师为编辑出版本书作出的努力和辛劳，感谢学苑出版社领导及潘占伟、李媛老师的鼎力相助和提刀把关，感谢战友、著名作家傅宁军对此书出版的积极"引见"和坚定支持。

"历史是个人的历史，个人是历史的个人。"根据马克思的这句名言，我撰写了家兄的"历史个人"或者说"个人历史"。历史对于人的任何记载，都是他自己写上去的，别人无法替代。这就是所谓"种瓜得瓜，种豆得豆"。你种下什么样的人生种子，就收获什么样的人生果实。历史没有记载或记载有偏差的，随着时间的推移，有待热爱他的熟悉他的人继续书写、补充和修正，以成为他个人完整无误的历史。

德华兄作为部队的一个典型人物，难免有一点那个时代的痕迹，但他是那个时代的生动注脚。传者，传也。为德华兄立传，实际是为后辈而立。在历史的长河中，祖辈为我们留下了一笔丰厚的精神遗产，我们这一代在他们的基础上，在各自的人生道路上，又有了新的传承和发扬，

祖先的创业精神和道德风范，在时代穿行中有了丰富和完善。我们不断进步，超越甚至扬弃过去，但我们无法同过去一刀两断。我们需要知道自己从哪里来到哪里去，历史的记忆不能忘却，未来的方向也不可迷失，传记就是为这样的精神、道德传承助力。

2014 年 5 月于石头城